东方主义视域下的卡森·麦卡勒斯小说研究

尚玉翠 著

九州出版社
JIUZHOUPRESS

图书在版编目（CIP）数据

东方主义视域下的卡森·麦卡勒斯小说研究 / 尚玉翠著. -- 北京 : 九州出版社, 2021.8
ISBN 978-7-5225-0476-6

Ⅰ. ①东… Ⅱ. ①尚… Ⅲ. ①卡森·麦卡勒斯—小说研究 Ⅳ. ①I712.074

中国版本图书馆CIP数据核字(2021)第177877号

东方主义视域下的卡森·麦卡勒斯小说研究

作　　者	尚玉翠　著
责任编辑	杨鑫垚　李　荣
出版发行	九州出版社
地　　址	北京市西城区阜外大街甲 35 号（100037）
发行电话	（010）68992190/3/5/6
网　　址	www.jiuzhoupress.com
印　　刷	北京旺都印务有限公司
开　　本	880 毫米 ×1230 毫米　32 开
印　　张	6.25
字　　数	150 千字
版　　次	2021 年 8 月第 1 版
印　　次	2021 年 8 月第 1 次印刷
书　　号	ISBN 978-7-5225-0476-6
定　　价	68.00 元

目　录

第一章　绪论

在美国“南方文艺复兴”时期一长串知名作家名单中，出生于佐治亚州的卡森·麦卡勒斯（Carson McCullers，1917—1967）绝对是不可缺少的一位。无论是她对南方地域景观的反复书写，还是对南方人精神隔绝的敏感刻画，抑或是对“南方哥特”美学风格的一贯追求，都使其成为美国南方文学的重要代表，受到了美国乃至海外读者的广泛赞誉。然而，麦卡勒斯这种以凸显美国南方文化精神为核心的文学创作，往往又会使其被打上地域性作家的标签，或多或少地遮蔽了她不仅是一位南方作家，更是一名美国作家的事实。卡森·麦卡勒斯生活于20世纪上半叶的美国，其生命历程的蜿蜒展开恰与美国帝国扩张的过程相同步，因此，其文学创作不可避免地受到当时社会大气候的影响。所以，在其精心构筑的文学版图中，或有意或无意地掺杂进一些地缘政治和意识形态的思想颗粒和观念砂石。具体表现就是：在文学创作中，她既对美国历史进程中的南方社会状况进行强力书写，又对相关的东方异域民族与异域文明自觉不自觉地进行着东方主义的“他者”想象。她在像书记官一样记录着美国社会进程节律的同时，又秉持着“东方”和“西方”内在连贯但却相互排斥的“二元”观念，视黑人、菲律宾人和犹太人等异己民族及其所代表的异域文化为差异性的“他者”，即在持续审视与观照东方“他们”的同时，也在全心全意地思考着基于美国自己的“我们”的世界，似无实有地认同和支持美国作为世界范围内“道德和经济力量”主宰的角色扮演，并为这种角色作用的发挥进行或主动或无意的合理化宣说和合法性辩护。

第一节　卡森·麦卡勒斯生平与创作概况

卡森·麦卡勒斯原名露拉·卡森·史密斯，于 1917 年 2 月 19 日出生于美国佐治亚州的哥伦布小镇，既是家中的长女，也是母亲的希望，自在母胎之中就被母亲认定为是未来的天才和伟大的艺术家。虽然她早期并没有表现出任何早慧的迹象，但却被母亲认定和音乐有关，并尽其所能地鼓励她向音乐家方向发展，不但鼓励她自小就坐在钢琴前触摸键盘，自由随意地弹奏出任何和谐或不和谐的声音，而且一旦家中经济允许，立刻就会给她找寻合适的钢琴教师，使六岁的露拉·卡森开始了为期近十年的钢琴学习生涯。在这期间，她非常努力勤奋地练琴，不断梦想着能够到欧洲去师从杜南伊。但在她十五岁那年，她生了一场“综合性肺炎”或风湿热的大病，不但需要在家卧床休息，还必须到隔离病房去疗养。就在这段生病时期，她开始怀疑自己是否有作为一个钢琴演奏家所必需的充沛的体力，并且怀疑自己根本不是天才，只是有一点音乐天赋而已。在经过了一番自我怀疑与否定之后，她做出了一个影响她一生的决定：放弃钢琴演奏家的梦想，成为一个作家。只是这个决定一直埋藏在心底，直到一年半之后，她才正式向家人和钢琴教师公布，使他们知道自己真正的梦想是成为一名作家。

不久，年仅十七岁的露拉·卡森便揣着五百美元，毅然决然地离开家乡，怀着“研究这个城市，去触摸它的脉搏，融合在里面”[①]的热情，只身前往陌生新奇的纽约，兴奋地幻想着这片神奇土地上的白雪、摩天大厦、音乐厅、大都会、百老汇、蒂凡尼珠宝店等美丽景观。但事与愿违，初到纽约的卡森便被偷走了所有的生活费，变得身无分文，只能靠打工养活自己。这种只有打工才能维持生计的窘况，既让她真正体会到了现实的残酷，又令她深深地感到孤独与恐惧。也就是从这时起，她才真切感受到了生活的真实和贫穷的滋味，意识到自己再也不能蜷缩在家人的护佑下进行无病呻吟式的写作，而应该睁开眼睛认真地打量这个并不完美的世界。如果，以前她是将钢琴与音乐作为摆脱内心孤独与精神隔绝的唯一良方，那么，现在她正打算运用文字和手中的笔来感知和刻画世界的真实与厚重。对她来说，孤独与精神隔绝的主题不再是小时候被拒于修道院外的心理阴影，也不再是被同学孤立与疏远的“成长中的烦恼”，而是由实实在在现实境况和人生遭遇所导致。因而，她开始构思一部她自己都不太懂的小说，起初她只感觉到：“脑子里至少有五六个非常清晰的人物。每个人物都在对中心人物不停地说话。我理解他们，但是主要人物是谁还不明确，虽然我知道他是这本书的中心。我不止一次地想，把这些人物写成短篇就行了，可我总是控制着自己，因为我知道，这部神

① [美]弗吉尼亚·斯潘塞·卡尔．孤独的猎手：卡森·麦卡勒斯传[M]．冯晓明译．上海：上海三联书店，2006:51.

秘的作品会成为一部长篇。”[①] 最终，灵感突来，她写出了人们对自己内心孤独感的反抗，以及对尽可能充分地表达自我的渴望的序言，开启了对无序社会的深沉思考。

1940 年，二十三岁的麦卡勒斯终于写完了盘踞在她心头六七年之久的这部小说——《心是孤独的猎手》，此书使其一举成名。她从此开始走上了文学创作之路，随后陆续出版了《金色眼睛的映像》（1941）、《伤心咖啡馆之歌》（1943）、《婚礼的成员》（1946）、《没有指针的钟》（1961）等四部中长篇小说，《神童》《外国人》《通信录》等二十几篇短篇小说、两部戏剧、二十余篇散文和文学评论、一部儿童诗集和若干零散的诗作，以及一部未完成的自传《启与魅》。其中，《心是孤独的猎手》影响尤为深巨，在美国“现代文库”所评出的“20 世纪百佳英文小说”中列第十七位，成为她最负盛名的代表作。在她创作后期，虽然鲜有新作问世，但却先后涉足剧本创作、演讲和录音等行业领域，一直活跃在公众视野之中。除此之外，她的多部作品还被改编成电影或戏剧。1949 年，《婚礼的成员》被改编成戏剧，在百老汇的帝国剧院开演，随后又被电影公司买下电影版权；1953 年，短篇小说《旅居者》被改编成《看不见的墙》，在福特基金会的节目《精粹》中进行电视直播；1959 年，《伤心咖啡馆之歌》被改编成音乐剧；1961 年，托马斯·赖恩购买了《心是孤独的猎手》的电影版权；1963 年，雷·斯塔克购买了将《金色眼睛的映像》拍摄成电影的期权。

这些作品在给她带来金钱收益的同时，也给她带来了盛名与

① [美]卡森·麦卡勒斯．启与魅：卡森·麦卡勒斯自传 [M]. 杨晓荣译．北京：人民文学出版社，2019:3.

荣誉。当《心是孤独的猎手》出版之后，她被评论界誉为“是十年以来最令人兴奋的天才”[①]；两年之后的1942年，她获得了“古根海姆基金奖”，成为一万四千个申请者中幸运的八十二位之一，而且还被称之为美国的著名作家；1943年，她荣获美国艺术和文学研究院的“艺术和文学奖”；1946年，她因在小说领域坚持不懈的创作活动再次获得“古根海姆基金奖”；1946年，她被法国文学界视为美国最前沿的女作家之一；1947年，她被《快报》杂志提名为美国战后最优秀的作家之一；1948年，她被提名为美国1947年最值得奖励的十位女性之一，获得了《女士》功勋奖；1952年，在缺席的情况下，她仍被正式接纳为国家艺术与文学研究院成员；1965年，她被德国汉堡的一家报纸《世界报》授予“青年奖”；1967年，她因对文学的杰出贡献荣获1966年的亨利·贝拉曼奖。上述一系列奖项与荣誉，不但实实在在地证实了她作为20世纪美国南方最重要的作家之一的文学地位，而且也奠定了她在20世纪美国文坛的重要地位。

麦卡勒斯尽管在文学上饶有成就，但她的健康状况却一直令人担忧，几乎穷其一生，她都在与疾病做斗争。从她童年时期开始，身体不适和疼痛就成为她生活的一部分。恶性贫血，伴随着一次次发作的胸膜炎和其他呼吸系统疾病，是她早期的痛苦；十五岁时，她得了风湿热，但被误诊误治，之后又经历了三次中风，在三十岁前其左边身体就已瘫痪，行动受到严重阻碍。在以后的十年中，她的身体更是每况愈下，肌肉萎缩、肺炎复发、心

① [美]弗吉尼亚·斯潘塞·卡尔．孤独的猎手：卡森·麦卡勒斯传[M]．冯晓明译．上海：上海三联书店，2006:105.

脏疾病不定时的袭击，使她一次又一次与死神擦肩而过，但她都坚强地熬过了一次次大大小小的手术。虽然在她生命的后期，疾病使其生活质量日益下降，但不论多么痛苦多么疲惫，她始终顽强执着地抓住生命的列车，不轻易选择“下车”，直到最后因脑部大出血而昏迷四十五天后，才被迫停靠到人生的终点站台，结束了充满病痛折磨的一生。

一生病痛的麦卡勒斯不仅饱受身体疾病的折磨，而且还遭受着情感不顺与双性恋倾向的极端困扰。她生前一共结过两次婚，分别于1937年和1945年与同一男子——利夫斯·麦卡勒斯结婚。但在这两次婚姻中，尽管结束婚姻的具体原因不同——第一次是因为利夫斯私自伪造签名透支支票，第二次是因为利夫斯自杀身亡——但在每段婚姻的结束之前，两人的情感都早已破裂，而他们情感破裂的一个很重要因素是她的双性恋倾向。第一次结婚后不久，利夫斯曾经问她是不是同性恋，她“迅速否认了这一点，大声地说希望不是,然后又表示不确定”[①]。虽然起初的她没有明确意识到自己的双性取向，但其穿衣举止却处处显露出这一点。在与利夫斯举行婚礼时，她“穿的是一件绿色天鹅绒长袍和一双牛津鞋”[②],这种系带的皮鞋偏于中性,比较舒适随意,但却比较硬气,不能凸显女人的身材与风情，因而这种没有女人味的鞋子很少成为女人婚鞋的选择，而她的这一穿着恰好显示了她潜意识的中性

① Shapland, Jenn. *My Autobiography of Carson McCullers* [M]. Portland: Tin House Books, 2020:2.

② [美]卡森·麦卡勒斯.启与魅：卡森·麦卡勒斯自传[M].杨晓荣译.北京：人民文学出版社,2019:20.

风格。在此后的婚姻生活中，她一直喜欢穿偏男款的衣服，经常把自己打扮得像个假小子一样出门，不管是男士衬衣，还是男士大衣，甚或是利夫斯的衣服，都成为她平时经常穿着的衣物，这些过多的男性与中性元素，虽然使其看起来很帅气，但却也把女人的韵味荡涤净尽。她生前所拍摄的众多照片，都真实地记录了她的这一穿衣风格。例如，在上海三联书店与人民文学出版社出版的她的作品封面上，我们就能看到她的这一装扮：她身穿男士白衬衫，左手食指与中指夹着香烟，面无表情，脸部紧绷，双眼大睁。这样的长相配上这样的中性装扮，使其虽说不上漂亮但也并不难看，甚至给人一种率性干练的感觉，只是唯独缺少了些女人味。可见，她将衣服当作"身体的枢纽或入口，直接通向她的自我和自我表现"[①]，通过抑女性扬中性甚至偏男性的穿衣行为，完全外显出其本性中的偏男性意识。因而，当她在沙都与牛顿·艾尔文讨论自己的双性恋倾向时，曾经明确地向后者宣布："牛顿，我生来就是个男人。"[②]在她看来，她的男性性格比她女性的一面更为真实，她不但需要女人的爱情和友谊，而且感觉与漂亮女人的身体接触令她产生巨大的快感，因而，每当遇到美丽知性的女子，她都会情不自禁地加以追求。不管是对同为南方女作家的前辈凯瑟琳·安·波特的卑微求爱，还是对瑞士女作家安妮玛瑞·克拉拉克-舒瓦森巴赫的热烈追求，以及对其他合其心意的美丽女子的疯

---

① Shapland, Jenn. *My Autobiography of Carson McCullers* [M]. Portland: Tin House Books, 2020:38.

② [美]弗吉尼亚·斯潘塞·卡尔．孤独的猎手：卡森·麦卡勒斯传 [M]. 冯晓明译．上海：上海三联书店，2006:167.

狂追逐，这些风流韵事虽然使她的私生活看起来很“混乱”，但却是其忠于本心需求的真实经历。不过，她的这种双向倾向，也直接损害了丈夫利夫斯的男子汉自尊，并且危及到了他们的婚姻关系，虽然她不愿意看到这样的结果，但她也实在是难以违背自己的本身意愿，披着伪装虚伪地生活一辈子。

一生遭受病痛及性倾向障碍的麦卡勒斯，追随着自己的本真意愿，任性率直地抒写着入微到极点的人性，将人的孤独与精神隔绝刻画得无以复加。这种对思想孤独和精神隔绝的描画，也彰显出麦卡勒斯努力践行对生命意义的深入探寻和对生命价值的无限尊重。当然，她在探寻人的内心本性的同时，也力图彰显自己的存在和对外部世界的影响，暗示“她曾是南方潮流的一部分，但这一潮流并非南方所独有”[①]。也就是说，她认为自己不仅是一位南方作家，更是一位美国作家，她感兴趣的与其说是美国南方社会，毋宁说是美国社会。因而，她不但对社会改革表现出高度的敏感性，而且还时刻关注其所处时代的“国内外的政治问题”[②]，尤其是在面对第二次世界大战这样的世界性战争时，她积极响应美国在第二次世界大战中所扮演的救世主角色的号召，“一直在考虑她自己怎样为国家服务”[③]，并最终选择运用文学之笔为美国鼓舞士气，写出了《瞧着归家路啊，美国人》和《我们打了条幅——我

① 田颖，殷企平．卡森·麦卡勒斯：南方“旅居者”[J]．外语研究，2017(3):88-112.

② Hsu, Jen-yi. “Desiring Brotherhood —Alternative Masculinities and a Critique of the American Empire in Carson McCullers’ s Reflections in a Golden Eye” [J]. *EURAMERICA*, Vol. 45, No. 3 (September 2015):409-444.

③ [美]弗吉尼亚·斯潘塞·卡尔．孤独的猎手：卡森·麦卡勒斯传[M]．冯晓明译．上海：上海三联书店，2006:233.

们也是和平主义者》等许多战时文章，用“她的雄辩有力的新的声音描写了美国人的精神状况”[①]。可见,麦卡勒斯不仅是一位抒写精神隔绝的孤独猎手，而且是一位现实感和时代感都很强的时代歌者，自觉地踏着时代的鼓点，演绎着自己所认同的主旋律。

的确，“人文学科的知识生产永远不可能忽视或否认作为人类社会之一员的生产者与其自身生活环境之间的联系，”[②]麦卡勒斯在进行小说创作时，也将自己的个人遭遇和生活感悟与机构化暴行关联起来，“将宏观视角隐匿于一个个故事情节和人物肖像之后，在美学的层次上追求意识形态主旨的表达”。[③]她不但像书记官一样记录着美国社会进程的节律，而且努力通过美国南方小镇这一局部来管窥美国社会乃至整个世界，在一个个孤独隔绝的故事里面，都暗埋下时代、社会、政治的种子，使美国南方的种族现实、社会语境以及整个世界的形势格局都囊括其中。这种有意无意的创作旨趣，致使其作品大多镌刻上了鲜明的时代烙印和意识形态刻痕，而东方主义就是这种烙印和刻痕相互叠加建构出来的一种被强行赋予的“花纹”。麦卡勒斯作为一名活跃于20世纪上半叶的美国作家，她不可选择地生活在美国殖民扩张的时代进程之中，因此，她不可能对帝国主义的态度、参照系和生活经验完全免疫，毫无感知，尤其是在面对美国扩张胜利的“果实”——

---

① [美]弗吉尼亚·斯潘塞·卡尔.孤独的猎手：卡森·麦卡勒斯传[M].冯晓明译.上海：上海三联书店,2006:235.

② [美]爱德华·W.萨义德.东方学[M].王宇根译.北京：生活·读书·新知三联书店,2013:15.

③ 荆兴梅.卡森·麦卡勒斯作品的政治意识形态研究[M].北京：中国社会科学出版社,2015:28.

与美国白人“我们”完全不同的东方“他们”时，会不可避免地“意识到——不管是多么含糊地意识到——自己属于一个在东方具有确定利益的强国”[①]。正是她的种族、阶级和国家身份使世界以商品的形式来到她的身边，使她得以有机会把东方事物作为奇观和消费的对象，滋生出带有异国情调的东方主义消费兴趣，进而在描述与东方的关系时沾染上自以为高人一等的种族优越意识，完成由东方主义消费者到东方主义生产者的身份转变，从而成为美国的东方主义发展的“贡献者”之一。因而，将麦卡勒斯的系列小说放到东方主义视域下进行审视和检讨，通过探索其东方主义叙事策略，剖析其东方主义话语表征与深层的东方主义书写动机，会发现她尽管在一定程度上对帝国主义进行着文化抵抗，但在文化潜意识之中，仍秉持着把“东方”和“西方”的二元观念建构成内在连贯但却相互排斥的思想认知，视黑人、菲律宾人和犹太人等东方异域民族及其所代表的异域文明为差异性的“他者”，即在持续审视与观照东方“他们”的同时，也在全心全意地思考着以美国为基点的“我们”的世界，极尽所能地“支持美国作为世界范围的道德和经济力量的新兴角色”。[②]或许，这也是她的小说能“在美国文化方面占据一个永久的位置”[③]的原因之一吧。

---

① [美]爱德华·W.萨义德.东方学[M].王宇根译.北京：生活·读书·新知三联书店,2013:15.

② Leong, Karen J. *The China Mystique:Pearl S. Buck,Anna May Wong,May ling Soong,and the Transformation of American Orientalism* [M]. California : University of California Press, 2005:7.

③ [美]弗吉尼亚·斯潘塞·卡尔.孤独的猎手：卡森·麦卡勒斯传[M].冯晓明译.上海：上海三联书店,2006:383.

第二节　卡森·麦卡勒斯国内外已有研究成果述评

作为一个风格独特的女作家，卡森·麦卡勒斯的作品自问世以来一直受到较多的关注。尤其是20世纪70年代以后，随着文学批评理论的快速发展，其小说研究的多维视角逐步形成。众多文学批评理论纷纷将其纳入研究视野，从不同方向对其进行深入分析解读，取得了较为丰富的成果。在国内，随着麦卡勒斯作品中译本的陆续推出，她也逐步引起了国内众多学者们的研究兴趣，尤其是在青年学界，更是掀起了一股麦卡勒斯研究的热潮，并取得了较大的成就。下面就将麦卡勒斯研究分为国外和国内两个大方面分述如下：

（一）国外的麦卡勒斯研究与西方文艺批评理论紧密相联，其走向呈现出与西方文艺批评理论发展齐头并进的趋势。按批评方法大体可从以下几个角度进行归纳：

1.“新批评”研究

麦卡勒斯文学创作的黄金时期是20世纪40年代，此时正是英美“新批评”思想大行其道的时期，因而，在美国，“新批评”的解读不但揭开了麦卡勒斯研究的帷幕，而且对麦卡勒斯研究的早期阶段形成了决定性影响。由于“新批评”是一种注重“本体论批评”的解读方式，它对文本内部的关注远胜过文本外部，这种倾向导致麦卡勒斯研究的早期阶段多注重其作品的文本内容与诗性特征，集中挖掘其作品的主题以及象征、隐喻意义，尤其是“精神隔绝”主题和“怪诞风格”特性。戴顿·科勒的《卡森·麦卡勒斯：同一主题的变奏》和奥利弗·埃文斯的《卡森·麦卡勒斯的成就》等多篇评论均认为“精神隔绝”是麦卡勒斯最重要的主题，其作品大多都是这同一个主题的不同变奏。对此，麦卡勒斯本人也在《创作笔谈：开花的梦》中承认：“精神上的隔离，是我大部分创作的基本主题。”[①]可见，这些评论的确是非常敏锐地抓住了麦卡勒斯创作的核心主旨。至此以后，“精神隔绝”“孤独”等关键词便频繁出现在麦卡勒斯研究评论之中，导致麦卡勒斯的作品不仅“变成了一个主旋律的多个变奏体，从而使其创作主题范围显得狭窄单一，而且使作品超脱了特定的历史文化语境，成为普遍人性的象征和永恒真理的符码体系”。[②]因此，“新批评”的文本中心主义研究，虽然着重挖掘了麦卡勒斯作品中的精神主题与诗性特征，但却斩断了作品与作者以及读者之间的关系，使其小说中的历史、文化与政治内涵鲜有提及，而这也为后来的麦卡勒斯研究留下了很大的拓展空间。

2. 成长小说研究

20世纪五六十年代，评论界关注到麦卡勒斯作品中的成长主题，开始对《心是孤独的猎手》《婚礼的成员》和《没有指针的钟》中的青少年形象进行成长主题方面的研究。乔治·丹杰菲尔德在《婚礼的成员：一个青少年的四天》中，通过将麦卡勒斯的小说与其本人的经历以及外部世界联系起来，认为麦卡勒斯的成长小说具有自传性成分。玛格丽特·麦克道尔在《贝丽尼斯与弗兰淇的

① [美]卡森·麦卡勒斯．麦卡勒斯：抵押出去的心[M]. 文泽尔译．北京：人民文学出版社，2012:197.

② 林斌．卡森·麦卡勒斯20世纪四十年代小说研究述评[J]. 外国文学研究，2005(2):158-164.

关系》一文中，通过探讨弗兰淇与黑人厨娘贝丽尼斯之间的关系，指出在作品的成长主题中，还凸显着一定的种族矛盾和现实内涵。基思·艾尔登·拜尔曼在《〈心是孤独的猎手〉与〈婚礼的成员〉中的叛逆少女》中，认为在父权社会中生存的女性，即使萌生出强烈的自我意识，也必须有所牺牲，因而，两位叛逆少女米克与弗兰淇的成长是一种悲剧。2009 年，尼克尔·赛摩尔在《身体语言：重构卡森·麦卡勒斯〈婚礼的成员〉的成长故事》一文中，首次运用时间性概念来解析《婚礼的成员》，认为麦卡勒斯套用传统成长小说的范式，建构了弗兰淇一段特殊的青春期历史，用来彰显人性、异性恋、繁殖力与成长等主题，读者在阅读时应该用共时而非历时的方式，来思考处于青春期阶段的身体的意义，并以此挑战性别关系和种族身份的固有刻板模式。由上可见，“成长小说研究多以美国的历史、精神、文化为参照，探讨小说中的青少年形象以及成长主题的隐喻意义”。[①] 这个角度不但弥补了“新批评”派文本内部研究的不足，而且通过将麦卡勒斯的作品与作者的经历、时代变迁和社会语境结合起来，为后来的女性主义研究、同性恋研究、文化批评研究等思潮提供了思考路径，为后续研究奠定了坚实的基础。

3. 女性主义研究

20 世纪 60 年代，美国女权运动出现了第二次浪潮，展开了提高妇女对于性别压迫觉悟的“妇女解放运动”，及至 80 年代末，又掀起了第三次浪潮。与这种蓬勃发展的女权运动相伴而生的女性

① 田颖．南方的“旅居者”——卡森·麦卡勒斯小说研究 [D]. 浙江大学，2016:141.

主义文学批评，也日益发展壮大，使不少评论家开始从女性主义的角度阐释麦卡勒斯的作品，出现了女性身份、女性身体与女性创作传统等研究主题。潘西娅·布劳顿在《卡森·麦卡勒斯的〈伤心咖啡馆之歌〉中女性特质的摒弃》中，首次从女性主义视角对麦卡勒斯的作品进行解读，她认为麦卡勒斯之所以刻画怪异女主人公的不幸遭遇，目的是揭示南方女性摒弃自身的女性特质对女性与男性来讲都是一种伤害；克莱尔·卡亨在《哥特镜像与女性身份》中，从心理分析学的视角对麦卡勒斯的作品进行女性主义解读，宣称"双性同体"形象已经成为象征当代妇女的核心意象；芭芭拉·B. 怀特在《〈婚礼的成员〉中的自我迷失》一文中，通过对弗兰淇成长状态的精辟分析，揭示出父权制社会性别规约给少女带来的双重压力——她们既不愿落入成年女性被束缚的境地，又害怕自己达不到社会性别角色的标准；路易丝·威斯特灵在《神圣的树林与被毁的花园：尤多拉·韦尔蒂、卡森·麦卡勒斯与弗兰纳里·奥康纳的小说》中，将韦尔蒂、麦卡勒斯和奥康纳进行比对分析，认为麦卡勒斯作品中怪异的女性形象都是作家对跨越女性身份的探索；桑德拉·吉尔伯特和苏珊·古芭在《没有男人的地带：20 世纪女性作家的空间》中指出，麦卡勒斯小说中的男性暴力行为与女性所处的边缘地位，显示出女性在父权制社会中的恐慌与抗拒。2005 年，瑞士学者埃伦·莫塔洛克·吉曼在其博士论文《假小子、淑女与其他女性：凯瑟琳·安·波特及卡森·麦卡勒斯作品选集中的女性身体主题》中，通过将上述两位女作家进行比较研究，从女性身体——主体的角度，探讨了这两位美国南方女作家在女性人物塑造、女性身份认同等方面上创作手法的异同。2012

年，朱伊特·查德的论文《“为何被困”：麦卡勒斯〈婚礼的成员〉中的种族和延迟的性意识》，认为整部小说都在表述弗兰淇竭尽全力追寻一种自我身份，但在种族隔离制度严酷的南方，她“如何面对一整套美国南方的社会象征系统，又如何进入等级森严的种族和性别体系”[①]等问题，造成了她对性别问题的困惑。诸如此类的批评既弥补了“新批评共识”中性别缺席的遗憾，也突破了成长小说视角研究只对少女形象分析的限制。

4. 身份和种族问题等意识形态研究

在国外，著名后殖民主义理论家佳亚特里·斯皮瓦克，首先开启了对麦卡勒斯著作中意识形态与权力关系研究的先河。在《三个女性主义读本：麦卡勒斯、德拉布尔、哈贝马斯》(1980)一文中，她通过分析西方文学中“他者”的建构机制，探讨麦卡勒斯文本中的种族、阶级、性别和性取向问题以及身份边界界定问题，以此达到批判当代社会主流意识形态的目的。1992年，罗伯特·K. 马丁在《性别、种族和殖民的身体：卡森·麦卡勒斯的菲律宾男孩和黄哲伦的中国女人》一文中，从东方主义角度探讨了麦卡勒斯《金色眼睛的映像》所蕴涵的东方主义思想，认为其笔下的菲律宾男孩形象典型地体现出了西方作家对菲律宾的东方想象。辛西娅·吴在《南方白人性的拓展性研究：卡森·麦卡勒斯小说伦理差异的再语境化》(2001)一文中，认为麦卡勒斯虽然没有在《伤心咖啡馆之歌》中出现任何黑人素材，但其关注的重心依然是种族问题，白人统治的历史语境借助犹太人的形象被完全再

① 荆兴梅 . 卡森·麦卡勒斯作品的政治意识形态研究 [M]. 北京：中国社会科学出版社 , 2015:158.

现，是另一种形式的种族想象。拉利·荷肖恩在《张力与超越：卡森·麦卡勒斯小说中的犹太人》（2008）一文中，认为麦卡勒斯痴迷于想象和现实边界写作，她通过自己对犹太民族的理解，视犹太人为睿智族群的代表，赋予他们以罗曼蒂克、超凡脱俗的犹太身份。2011年，艾琳·巴雷特在《卡森·麦卡勒斯〈心是孤独的猎手〉和詹姆斯·鲍德温〈另一个国家〉中非凡的人性》一文中，认为两部小说的出版时间虽然相差二十二年，但却存在着很明显的相似之处，并且都彰显了种族、阶级和性别的主题。松井美惠在《菲律宾人眼中的映像：南方男性气质与殖民主体》（2013）一文中，将美国南方社会的性别象征系统置于美国对菲律宾的帝国战争和文化殖民中加以审视，认为菲律宾男孩的男性气质是美帝国话语对其形塑的后果。2013年，本·萨克斯顿以《在麦卡勒斯〈心是孤独的猎手〉中找寻陀思妥耶夫斯基的“白痴”》为题，对两部作品中的聋哑人辛格和白痴密希肯进行比较。2015年，康斯坦特·冈萨雷斯·格罗巴在《“就我和我的人民而言，南方现在和过去都是法西斯主义者”：卡森·麦卡勒斯和种族问题》一文中，选取《心是孤独的猎手》《婚礼的成员》和《没有指针的钟》这三部作品进行分析，指出麦卡勒斯的作品呈现了南方社会错综复杂的关系网络。在《心是孤独的猎手》中，作家塑造了一个马丁·路德·金似的黑人形象，他虽然积极地为自己种族的公民权利而斗争，但却像压迫他的白人一样走极端；在《婚礼的成员》中，作家将性别压迫和种族歧视联系在一起，表达出对性别流动和种族混杂的愿望；在《没有指针的钟》里，她通过白人对种族关系的暴力态度，探讨了白人和黑人两极分化观念的悲剧。

5. 生平传记研究

根据笔者目前收集的文献资料，有关麦卡勒斯的生平传记约十一本，其中的第一手资料当属麦卡勒斯未完成的自传《启与魅：卡森·麦卡勒斯自传》(1999)。这本她去世多年之后才得以出版的传记，收集了她未完稿的自传内容、与丈夫利夫斯在二战期间的来往信件以及她的长篇小说处女作《心是孤独的猎手》的创作提纲等。除此之外，另外十部传记分别是：奥利弗·埃文斯的《卡森·麦卡勒斯：其生平与作品》(1965)、劳伦斯·格拉弗的《卡森·麦卡勒斯》(1969)、理查德·库克的《卡森·麦卡勒斯》(1975)、弗吉尼亚·斯潘塞·卡尔的《孤独的猎手：卡森·麦卡勒斯传》(1975)、玛格丽特·麦克道尔的《卡森·麦卡勒斯》(1980)、弗吉尼亚·斯潘塞·卡尔的《理解卡森·麦卡勒斯》(1990)、法国作家约西安·萨芙格诺的《卡森·麦卡勒斯：生平》(2001)、谢里尔·蒂普斯的《二月屋》(2005)、格雷厄姆·贝托里尼等人编著的《卡森·麦卡勒斯在二十一世纪》(2016)与詹·夏普兰的《我的卡森·麦卡勒斯自传》(2020)。在这些由他人撰写的传记中，内容范式多是追溯她整个的生命历程，并对她的作品进行简要的评述。弗吉尼亚·斯潘塞·卡尔在1975年出版的《孤独的猎手：卡森·麦卡勒斯传》最为典型，她几乎是按照时间顺序追溯了麦卡勒斯的一生，间有对其作品的只言片语的评价，而她1990年问世的《理解卡森·麦卡勒斯》则主要采用传记式研究法，先总体介绍麦卡勒斯其人其作，并简要提及了麦卡勒斯研究的部分状况，在接下去的几个章节里，作者按出版顺序介绍并评价了麦卡勒斯的几乎所有作品，将麦卡勒斯的作品与作家的生平和创作背景结合起来考量；谢里尔·蒂普斯的《二月屋》则只记录了麦卡勒斯在1940—1941年间的纽约生活，尤其是她迈入纽约的文化圈与众多知名人士交往的记载；最新出版的詹·夏普兰《我的卡森·麦卡勒斯自传》，一出版即获得了本年度美国国家图书奖，它重在记录麦卡勒斯生命历程的某些片段，既有安妮玛瑞写给她的通信信件，也有她与利夫斯日常生活的点滴记录，还有麦卡勒斯在沙都艺术中心的生活记载，以及麦卡勒斯的诊疗记录等诸多方面。这些记录着与她文学创作相关的幕后故事，为我们展开相关研究提供了非常宝贵的资料信息。

6. 空间研究

20世纪末，“空间转向”成为当代学界的一个研究热点，“空间批评”也随之进入到文学评论家的视野之中，使不少评论家以空间意象为切入点，探讨麦卡勒斯小说中文学空间的内涵。2006年，加拿大学者达伦·米拉尔的博士论文《小说与情感：20世纪中期美国小说及乌托邦语境研究》，从第二大战结束以后的政治话语的角度，揭示了麦卡勒斯小说中空间场所的乌托邦本质。詹妮弗·默里在2004年的《在卡森·麦卡勒斯〈心是孤独的猎手〉中接近共同体》一文中，从虚构空间的角度讨论了《心是孤独的猎手》中童话故事的特征。帕特里夏·耶格于2000年出版的著作《污垢与欲望：重构南方女性书写，1930—1990》，以《婚礼的成员》中的厨房场景为切入点，论述了厨房这一家庭空间所蕴含的种族政治与超现实主义的历史。利·安妮·达克在《这个国家的地区：南方现代主义、种族隔离和美国民族主义》（2006）一书中，将南方、现代性和民族性相结合，从更加宽泛的国家和全球空间层面来考察麦卡勒斯作品中的南方小镇，并且认为她表述并推动了南方的世界性。2009 年，小罗伯特·布林克迈尔在《第四个幽灵：南方白人作家和欧洲法西斯主义 1930—1950》一书中，将空间诗学与欧洲法西斯主义的历史研究相结合，认为欧洲法西斯主义是继黑人妇女、弃儿和黑人奶妈之后的“第四个幽灵”，充斥在美国南方文学作品的城镇空间中，以此探讨了麦卡勒斯作品中城镇社会空间的意识形态因子与权力运作机制。总体说来，“在空间转向中，麦卡勒斯研究不再囿于南方地域文学研究，而是从空间诗学、文化地理学的宽广视角来探讨文化身份、权力机制、社会关系在各类文学空间建构中的互动关系”。[①] 这种“去地域化”的研究趋势，既为当下的麦卡勒斯研究提供了全新的理论方法和思路，又为麦卡勒斯研究提供了更为广阔的研究前景。

（二）与国外麦卡勒斯研究的主题明确、成阶段性发展的深入研究不同，国内学术界对麦卡勒斯的研究起步较晚。

在我国，1978 年，李文俊首次将《伤心咖啡馆之歌》译为中文，开启了国内麦卡勒斯研究的先河。赵毅衡发表了《孤独者的悲歌》和《畸形社会孤独者的哀音——怎样理解伤心咖啡馆之歌》，从主题与形式两方面对麦卡勒斯的作品进行了较为全面的分析。随着 2005 年三联书店将麦卡勒斯的长篇小说全部引进并翻译出版，国内学者对于麦卡勒斯的关注度越来越高，研究成果也越来越丰富，既有两部专著，也有众多论文。仅据中国知网搜索统计，截止 2021 年 2 月，研究麦卡勒斯的博士论文三篇、硕士论文

① 田颖. 国外卡森·麦卡勒斯研究的流变与走向 [J]. 当代外国文学，2018(1):150-158.

一百五十五篇、期刊论文二百九十九篇，这些研究的出现，深入地推进了国内对其研究的广度和深度。根据标题耙梳，会发现对其创作特色或人物形象展开分析的成果相对较少，只有几十篇相关研究，且多集中在怪诞风格、哥特手法、叙事艺术、双性同体与残疾人形象等方面，与此相对，探讨其作品主题的相关研究却甚为繁盛，在质和量两方面都显示出压倒性优势，代表了国内麦卡勒斯研究的主要趋势。有鉴于此，从以下几个角度对主题研究的相关成果进行梳理：

1.“精神隔绝”与“孤独”主题

在主题思想的研究方面，国内的学者起初也专注于对“精神隔绝”“孤独”等主题的研究。李文俊与赵毅衡先生的研究虽然拉开了上述主题研究的序幕，但真正将此主题研究推进到一定深度的是林斌的一系列研究。林斌在《〈伤心咖啡馆之歌〉的“二元性别观”透视》（2003）一文中，从《伤心咖啡馆之歌》中女主人公爱密利亚的性别角色塑造入手，通过爱密利亚的男性气质透视南方小镇的二元性别观，从而揭示出作品的深层社会意义；在《〈伤心咖啡馆之歌〉中“狂欢节乌托邦”的诞生与灭亡》（2004）中，她运用巴赫金的狂欢化理论，分析了“咖啡馆”的地点隐喻与罗锅李蒙的形象塑造，认为作品中“狂欢节乌托邦”的诞生与死亡过程，显示出文本对美国南方等级社会主流意识形态的颠覆立场；2006年她出版了国内最早的麦卡勒斯研究专著——《精神隔绝与文本越界：卡森·麦卡勒斯40年代小说哥特主题之后女性主义研究》，以麦卡勒斯20世纪40年代创作巅峰时期的四部小说为研究对象，从社会身份建构和多元化女性主义的视角，揭示了“精神隔绝”的主题内涵；2011 年，在《“精神隔绝”的宗教内涵：〈心是孤独的猎手〉中的基督形象与宗教反讽特征》一文中，她通过聚焦小说《心是孤独的猎手》中的“怪异”基督形象塑造，揭示文本中建构与解构两条并行线索之间的悖论，进而尝试在作品的宗教反讽特征中，探索麦卡勒斯“精神隔绝”主题的深层内涵；2016 年，她在《寻找孤独的意义：麦卡勒斯在中国》一文中，讨论了麦卡勒斯在中国的两次热潮，认为中国的读者和学者之所以热衷于研究麦卡勒斯的文本，目的是希望在其孤独中找寻到救赎，进而找到个人需求与价值观和社会的需求与价值观之间的平衡；2018 年，在《“精神隔绝”的多维空间：麦卡勒斯短篇小说的边缘视角探析》中，她围绕麦卡勒斯文集《抵押出去的心》及《伤心咖啡馆之歌》所收录的短篇小说及散文创作集中展开论述，认为这些不同文类的作品作为麦氏“精神隔绝”主题的多重变奏，目的是共同打造一个“精神隔绝”的多维空间；在《美国南方小镇上的“文化飞地”：麦卡勒斯小说的咖啡馆空间》（2019）一文中，她借助福柯的异质空间概念和哈贝马斯的公共领域理论，在美国南方社会转型期的语境中解读麦卡勒斯笔下的咖啡馆这一另类空间的嬗变，认为咖啡馆作为一个颇具异质特性的公共领域，在麦卡勒斯的多部作品里作为核心意象出现，承载了南方社会转型期的文化价值冲突。另外，也有一些期刊论文和硕士论文属于此类主题方面的研究成果。

2. 政治与意识形态思想研究

随着国内麦卡勒斯研究的逐步发展，国内学者也日渐突破“精神隔绝”与“孤独”等主题的藩篱，开始挖掘其作品中的政治与意识形态蕴涵，在这方面具有代表性的学者有荆兴梅与田颖。荆兴梅在《〈婚礼的成员〉的象征意义》（2008）一文中，通过探讨小镇、婚礼与音乐等方面的象征意义，展示了美国社会的动荡不安与现代人的精神危机和人际疏离，并认为这些象征手法的运用，为烘托小说的主题起到了极其重要的作用；2009 年，她在《〈伤心咖啡馆之歌〉的存在主义解读》《〈伤心咖啡馆之歌〉的黑色幽默》与《〈伤心咖啡馆之歌〉的生态女性主义视角》三篇文章中，从三个不同的视域对《伤心咖啡馆之歌》进行了不同角度的解读；2015 年，她与朱新福合作发表论文《身体政治和历史书写：〈没有指针的钟〉解读》，认为身体意象和文化历史在小说中有重要作用，因而从身体残缺隐喻、身份认同以及音乐和爱欲本能等三个方面，探讨了小说中的政治和历史主题；同年，她出版了《卡森·麦卡勒斯作品的政治意识形态研究》一书，通过大量挖掘与麦卡勒斯的文本相关的历史事件，条分缕析地探讨了深隐在麦卡勒斯每部中长篇小说中的政治意识形态，既超越和突破了以往麦卡勒斯研究主题的单一趋向，又将麦卡勒斯研究提升到一个崭新的高度；在《解析〈金色眼睛的映像〉中的性别政治》（2016）中，她依然延续此前的研究思路，从文化批评的视角切入小说文本，在异性恋主流意识、技术异化语境与美国对菲律宾的殖民话语等三个方面，深入分析和解读了作品所蕴含的性别政治内涵。

学者田颖最初对于麦卡勒斯的研究，是将其放置于美国南方文学的历史传统之中进行解读，重点探讨她对南方神话的解构与建构，后来逐渐转向“他者”理论与空间研究。例如，在《南方神话的幻灭——解读〈伤心咖啡馆之歌〉》（2008）一文中，认为南方文学后现代时期的嬗变在《伤心咖啡馆之歌》中已初见端倪，麦卡勒斯在该小说中向"南方神话"的宏大叙事开战，既揭示了神话幻灭之后南方社会生活的巨变，又反映了现代文明对人的精神和传统的侵蚀；在《"南方神话"的解构和"真实南方"的建构——解读〈金色眼睛的映像〉》（2010）中，将该小说文本的解读放置于特定的社会和历史背景中，认为小说从解构和建构两个方面颠覆了美国南方等级社会的主流意识形态；在《〈没有指针的钟〉：他者欲望的书写》（2011）中，她以欲望主体——黑人舍曼为切入点，借用拉康的心理分析理论，探讨文本中以黑白种族关系为核心的"现世性"，进而得出该小说再现了20世纪50年代美国南方社会的种族政治和历史的结论；2015年，她在《论〈心是孤独的猎手〉中的空间与权力》一文中，从空间与权力的关系入手，探讨了隐匿在南方小镇、咖啡馆等空间意象背后的权力机制、文化身份以及各种社会关系，认为这些多元空间构成了一个权力相争的场域；在同一年的论文《恐惧之源——论〈心是孤独的猎手〉的"阈限空间"阐释》中，她从"阈限空间"的角度探讨了贯穿作品始终的"恐惧感"，她认为麦卡勒斯借助镜子、里屋与外屋等一系列的阈限空间意象，将时间空间化，并以空间叙事的形式展示了美国南方社会边缘人群的普遍生存状态，进而探询美国南方社会中"他者"的生存困境与身份认同问题；2016年，她的博士论文《卡森·麦卡勒斯：南方的"旅居者"》，以南方的"旅居者"为研究的切入点，将麦卡勒斯的小说研究置于美国南方的社会、历史、文化的语境中，分别从成长论、空间论、性别论和种族论四个层面，来考察她的文学身份，进而揭示其作品中"南方性”的文学内涵；《论〈心是孤独的猎手〉中的反讽艺术——驳“反犹太主义”误读》(2020)一文中，从文字反讽和结构反讽两个层面，剖析了《心是孤独的猎手》中的主人公哑巴辛格的象征意义，进而认为麦卡勒斯借助该形象的存在，既客观地再现了“新南方”种族隔离的现实，又对工业浪潮冲击下的南方种族政治进行了深刻反思。

除上述两位学者之外，中国台湾学者许甄倚在《渴望兄弟情谊——另类男性气概与卡森·麦卡勒斯〈金色眼睛的映像〉中对美帝国的批判》（2015）中，通过麦卡勒斯对菲律宾男仆另类男性气概的塑造，探讨了美国南方与美国帝国的关系，进而指出仅从南方地域主义角度解读其小说这一主导模式的不足。作者本人在《“他者”想象中的种族书写——论卡森·麦卡勒斯作品中“隐蔽的东方主义”倾向》（2015）中，运用萨义德的东方主义理论，解读了麦卡勒斯对黑人、菲律宾人和犹太人等少数族裔形象的东方主义想象，在揭示其作品中“隐蔽的东方主义”倾向之后，探讨了她“他者”想象背后所隐藏的深层动机；在《论〈金色眼睛的映像〉》（2020）一文中，从幼稚孩子气的心性、模仿者的本质与女性化的男性气质等三个方面分析了菲律宾人安纳克莱托的形象特质，并认为这种形象特质鲜明地体现了作品的东方主义思想；同一年的论文《叙述视角与意识形态——论卡森·麦卡勒斯对犹太人形象的文本再现》，通过分析麦卡勒斯塑造犹太人形象时所选用的叙述视角，探讨了她对犹太人形象的文本再现，并揭示出她选择怎样的叙述视角和选择谁做视角人物不仅是单纯的写作技巧问题，而且是关涉价值介入和话语霸权的意识形态问题。王亭亭在《〈心是孤独的猎手〉中优生学建构的“他者”》(2019)中，结合麦卡勒斯创作时期的优生学话语来解读该小说中的希腊人智障，认为麦卡勒斯对这一人物的塑造，存在着道德上丑化智障和族裔上他者化希腊人的倾向。

3. 存在主义与宗教角度

从存在主义或宗教的角度对麦卡勒斯进行研究的成果虽然较少，但也能反映出国内学术界对其多角度解读的实践。例如，朱振武与王岩在《信仰危机下的孤独——〈心是孤独的猎手〉的主题解读》(2009)中，认为小说深刻揭示了美国传统价值观崩溃的20世纪初期，人们被信仰危机困在孤独迷惘之中得不到救赎的社会现实，唯有重建信仰、建立正确的价值观，回归到信仰的终极关怀，才是使现代人摆脱孤独困境的门径之一。宗莲花与黄铁池在《灵魂上的拒与合：卡森·麦卡勒斯创作宗教观的悖论》(2012)一文中，通过研究麦卡勒斯宗教观的悖论对其创作的影响，展现20世纪西方知识分子面临宗教的世俗化所产生的精神上的矛盾与痛苦，以及他们在宗教信仰上的痛苦挣扎给文学表现带来的张力和厚重感。朱琳在《麦卡勒斯小说的宗教意蕴和人文关怀》(2016)一文中，认为麦卡勒斯的小说创作讲述了“众人都在找你”的故事，具有浓厚的宗教文化意蕴。在存在主义主题研究方面，宗莲花在《克尔凯郭尔存在主义哲学思想对卡森·麦卡勒斯创作的影响》(2014)中，认为麦卡勒斯的创作受到了存在主义尤其是克尔凯郭尔思想的深刻影响，因而探讨了她接受存在主义哲学的成因，并进一步分析了克尔凯郭尔存在主义神学思想对她创作思想和内涵的直接影响与表现，得出了她对人类存在和人性进行深入洞察的结论。孔洋在《〈没有指针的钟〉的技术异化批判》(2015) 一文中，从马尔库塞的技术异化理论出发，探讨《没有指针的钟》的技术异化主题，认为麦卡勒斯受存在主义哲学影响，关注人类的生存困境，从而理性地描述了技术异化下单向度的社会和单向度的人，表达了其对于人类共同命运的终极关怀。如此等等，在此不逐一论述。

上述国内外学者对卡森·麦卡勒斯所做的研究，既显示出了国内外学者的学术眼光和卡森·麦卡勒斯小说的研究趋势，又为本书研究的展开提供了思考路径、文本资料与研究借鉴，正是基于这种研究现状，笔者才立足于东方主义视域，对其小说中的意识形态蕴涵进行整体深入系统的分析探讨。虽然本研究的相关资料较少，研究难度比较大，但在顺利完成后，必将大大拓展麦卡勒斯研究的视角和维度，进而为我们正确认识麦卡勒斯及美国南方文学提供一个新的思路。

第二章　“东方”及东方主义理论

“东方”是一个具有多种内涵，既被广泛使用又极其模糊的概念，涉及地理、历史、政治、经济和文化等诸多领域。在西方，“东方”一词来源于拉丁文“Orientem”，在英文、德文和法文中都是“Orient”，本意指（太阳的）升起，后进一步演化成太阳升起的地方，成为“位于西方东边的大陆”[①]。

第一节　“东方”的由来

当人类置身于自然之中，会情不自禁地以自己所居住的环境为中心对空间进行想象，并通过这种想象“构建起关于世界的知识”[②],进而实现人类对自身事务的全球性定位。自原始社会时期开始，人们便开始了对空间问题的认知意识，其“源头之一便是洞穴。”[③]洞穴，作为人类居所最原始的形态之一，以固体的实在物形成了相对封闭的物理空间，在区隔出内外两个完全异质的空间的同时，也拥有了归属与区隔的功能，此后的家、乡、城、国等概

① [英]齐亚乌丁·萨达尔．东方主义[M]．马雪峰，苏敏译．长春：吉林人民出版社，2005:1.

② [美]马丁·W. 刘易士，卡伦·E. 魏根．大陆的神话：元地理学批判[M]．杨瑾，林航，周云龙译．上海：上海人民出版社，2011:1.

③ 孙祥飞．从“洞穴隐喻”到“异托邦”——论异域形象的空间化想象[J]．常州大学学报（社会科学版），2012(3):1-5.

念，几乎都延续了洞穴最初所具有的生成区隔并建构身份的功能，成为区分自我和他者的尺度。人们对于东方和西方的划分，也是如此，它也是认识主体以自我为中心对空间进行内外分野的产物，目的是为了实现归属与区隔的功能。因而，人们对东方和西方的划分，虽然包含着地理学意义上的空间概念，但就其本质而言，这种划分并不是依据实有的地理空间结构自然形成的，而更多的是人们基于自身文化观念的一种人为建构。而且，值得指出的是，东方与西方的基本内涵以及依此而定的外延与边界并非固定不变，而是会随着历史语境的变迁而不断变化，这种不断的变化性，也导致其所指的地理范畴呈现出很强的想象性与随意性特征。

根据元地理学的观念，东方与西方的划分最初是与大陆体系的观念紧密相连的。远在古希腊时期，古希腊的水手对地球进行了最初的洲际划分，他们“对起始于爱琴海，经达达尼尔海峡、马尔马拉海、博斯普鲁斯海峡、刻赤海峡，最终到达亚述海的复杂内陆水道两侧的陆地分别赋予了欧洲和亚洲的概念。”[①] 此后，希腊最早的哲学家们将这条水道指定为他们世界中的两块大陆的分界线，由此该水道便成了大陆体系的核心。稍后，利比亚（或非洲）的加入最终形成了三大洲的体系格局。在这种空间格局中，希腊人以爱琴海作为观察世界的中心，将爱琴海东部的陆地指称亚洲，其西北面的陆地指称欧洲，而其南部的陆地则用以指利比亚。及至中世纪，早期的基督教作家在希腊人大陆观念的基础上，又引入了诺亚的继承人三分天下的故事，从宗教神性方面将此三

① [美] 马丁·W. 刘易士，卡伦·E. 魏根. 大陆的神话：元地理学批判 [M]. 杨瑾，林航，周云龙译. 上海：上海人民出版社，2011:3.

分说固定下来。这种古典权威与基督神圣相互协作的联手操作，使大陆体系的观念持续引导着欧洲人的知识想象，逐渐成为划分人类社会的权威依据和不容置疑的真理。后来，伴随着欧洲在世界各地开辟殖民地的进程，这种暗含着欧洲中心主义的大陆体系观念在世界各地散播开来，将大陆作为划分世界的标准几乎成为划分世界的普遍方式。在20世纪，不但英语世界的地理教科书不约而同地按照大陆体系编排课本，非英语世界中，“无论是在东亚、伊斯兰地区还是南亚，地理学基本上都采纳了大陆体系的概念。尽管彼此略有差异，但大陆体系的划分方式并没有受到置疑，”[①]七大洲体系的观念甚至在20世纪中期的美国获得广泛认可并得到“科学”论证。虽则如此，大陆体系的观念却存有划分标准无法自圆其说的硬伤，其对欧洲和亚洲的划分就是明显的不合理例子。

欧洲和亚洲原本在相连的同一块大陆——亚欧大陆上，它们之间既没有明显的陆地分离，也不存在明显的陆地轮廓区分，但却被人为地设置了一条洲际分界线，强行将亚欧大陆分为亚洲和欧洲两个大陆，并且“将欧洲视为一块完全成熟的大陆，而且还认为它是大陆的原型”[②]。这种有意为之的人为划分，虽不能改变亚欧是同一块大陆的地理事实，但它的客观存在却具有了洞穴的最初性质，不但能够生成空间的内外分野，而且可以区隔出两个完全异质的世界，进而建构起空间内部居住者的认知霸权。因为内

① 周云龙．从大陆体系到世界区域——读《大陆的神话：元地理学批判》[J]．国外社会科学，2011(5):133-138.

② 周云龙．从大陆体系到世界区域——读《大陆的神话：元地理学批判》[J]．国外社会科学，2011(5):133-138.

外空间一旦生成，“主体所栖居的内部空间，作为一个融合体而存在，它将居于其中的人们的记忆、情感、梦想、身份、文化、归属、观念等一切属于自身的符号都融合其中，从而建构了一个相对独立的精神空间，这一精神空间的形成也为物质空间内的主体观察外部世界设定了认知、情感、意志的取向；”[①]与此同时，物理上的空间区隔，“也意味着在文化、身份和认知规范上的区隔，这种区隔将主体的文化、规范奉为正宗，掩饰了某种真相，并通过空间内部的居住者对外部世界进行了解的规则的建立，建构起了主体的认知霸权。”[②]而这一霸权的存在，又为认识主体的一切精神活动与世界本来面貌产生区隔创造了可能，极易导致人们对文化和社会差异的误解。可见，“通过在欧亚之间设置一条洲际分界线，西方学者可借此强化两个区域间的文化划分观念”[③]，自己熟悉的地方是我们的、西方的、欧洲的，而西方之外的不熟悉之地则是他们的、东方的、亚洲的，欧洲与亚洲虽然毗邻，但却不能相提并论，因为欧洲不但是一块完全成熟的大陆，而且是大陆的原型。因而，这条人为的分界线虽然带有任意性和想象性的成分，并且没有经过亚洲的确认，但只要在欧洲人自己的头脑中确认下来之后，就能形成戏剧化的封闭空间，就能使欧洲和亚洲之间并不显著的差异性得以强化，导致欧洲尽管在地理上不能独立，但

① 孙祥飞．从“洞穴隐喻”到“异托邦”——论异域形象的空间化想象 [J]. 常州大学学报（社会科学版）, 2012(3):1-5.

② 孙祥飞．从“洞穴隐喻”到“异托邦”——论异域形象的空间化想象 [J]. 常州大学学报（社会科学版）, 2012(3):1-5.

③ [美] 马丁 ·W. 刘易士，卡伦 ·E. 魏根．大陆的神话：元地理学批判 [M]. 杨瑾，林航，周云龙译．上海：上海人民出版社，2011:19.

在文化上却可自成一体。可见，这种将欧洲作为一块大陆的基本逻辑，在“确定了现代欧洲作为一种文明的本质”[①]的同时，也突出了欧洲文明的特殊性和以欧洲为中心的世界观。

虽然古希腊有以地中海为中心的欧亚非三大洲之说，“但他们的世界观念与文化观念基本上还是两分法的”[②]。诚如亚里士多德所论断的那样，“城邦之外，非神即兽”。在“城邦的居住者眼中，凡是那些存在于城邦之外的一切都是为城邦所审视、考察和研判的客体，他们没有历史、没有文明、没有教化，是野蛮的、落后的和缺乏教养的。”[③]因而，在这种城邦中心论观念中，“东方与西方、波斯与希腊、亚洲和欧洲有着质的区别”[④]，亚洲指称的这块大陆，不但以奢侈华丽、粗俗专制而著名，而且亚洲人的所有品性都是与希腊人的美德相反的，典型地体现出“非神即兽”的内化逻辑。可见，“东西方的划界首先萌发于欧洲大陆内部，进而西方的空间所指经历了一个从欧洲内部到欧洲外部的渗透过程”[⑤]，而与其相对的概念——东方——也由此经历着阈限所指不断变迁的状态。“古典时代的东方指与希腊对应的波斯，中世纪时期是指与基督教区对应的伊斯兰区，而到了近现代，随着大航海运动，东方

---

① [美]马丁·W. 刘易士，卡伦·E. 魏根．大陆的神话：元地理学批判[M]. 杨瑾，林航，周云龙译．上海：上海人民出版社，2011:19.

② Macfie, Alexander Lyon. *Orientalism*[M]. London And New York: Routledge, 2013:15.

③ 孙祥飞．从“洞穴隐喻”到“异托邦”——论异域形象的空间化想象[J]. 常州大学学报（社会科学版），2012(3):1-5.

④ Macfie, Alexander Lyon. *Orientalism*[M]. London And New York: Routledge, 2013:15.

⑤ 许玉军．摇晃的大陆：欧洲中心主义的元地理学批判[J]. 文艺理论研究，2016(5):195-200.

的所指不断向亚洲或非洲拓展。”[1] 到了19世纪，印度取代了黎凡特地区进入到东方学家的视野中，中国也由开始的传说变为地图上的明确存在。此时期的东方不但在地理学意义上的所指逐步扩大拓展，其概念还呈现了更多的文化特性和内涵，导致北非这样从未被划为亚洲的区域被囊括进来，甚至东欧和南欧也常常被认为具有东方特性，而亚洲的西伯利亚却总是被排除在东方概念之外。在20世纪，随着西方的知识生产中心由欧洲转移到了美国，当代东方的知识和观念体系中不但增加了中东、近东和远东的指称，还使中国逐渐取代伊斯兰成为了东方的核心，提及东方这一术语，让人更多联想到的是中国、韩国、日本和东南亚半岛。可见，西方不管是出于地缘政治的考虑，还是为了自身战略利益的考量，其所想象和界定的东方都是其自身的对应物和他者，只要西方自身的意义发生变迁，东方的地理范畴所指和意义内涵也就会发生改变，导致东方与西方都不具有本体论意义上的稳定性。

虽然西方对东方的空间概念混杂不清，充满了随意性与变动性，但西方却一直试图通过对自身和对应的东方的文化想象去界定东方和西方的边界。在他们看来，欧洲文明有着诸多明显的文化优势：“控制和征服自然的冲动；与他者关联的主体性意识；对增长和发展的渴求；对个人自由的珍视；依赖技术改良社会的务实世俗倾向；特别重要的是崇尚理性。而东方（人）则呈现出明显的本质化特征，如社群主义、审美的、不同于西方的世俗价值

① 许玉军．摇晃的大陆：欧洲中心主义的元地理学批判 [J]. 文艺理论研究，2016(5):195-200.

观、服从权威等。”[①] 这种占支配地位的优越性，使其在对东方和西方的本质化过程中，以“西方理性”的抽象化表述为统摄，将进步、自由和文明作为西方文化特征的稳定修辞，而与其相对的东方则被赋予了另一种修辞符号和语汇——非理性、停滞、专制和愚昧。因而，从元地理学的视角看，西方在偏狭的关注与自大的种族中心主义传统下，延续了大陆的神话的二元分法的纵向划分，习惯于将欧洲及其直属殖民地称为西方，而将东方当作亚非代名词，由此导致欧洲中心主义和西方中心主义在空间所指上得以重叠，形成了联系理性与进步的西方和灵性与停滞的东方的地理坐标，而这一号称的对应恰好就是元地理学神话的中心结构。可见，作为一种知识体系的西方元地理学，通过将“地表视为由依循严格的等级秩序划分出来的地域单位”[②] 的话语系统，使看似客观的地理常识与全球地理框架，成为知识与权力互为蕴含的运作机制，既调动了人类对自身事务的一种全球性关注，又发挥着国际政治领域中的意识形态权力，同时也为现代西方的世界霸权提供了某种知识依据。

第二节 东方学与东方主义

由于“在某种程度上希腊地理学已经全球化了，并且最初的

① 许玉军 . 摇晃的大陆：欧洲中心主义的元地理学批判 [J]. 文艺理论研究，2016(5):195-200.

② [美] 马丁 ·W. 刘易士，卡伦 ·E. 魏根 . 大陆的神话：元地理学批判 [M]. 杨瑾，林航，周云龙译 . 上海：上海人民出版社，2011:11.

西方地理概念——如欧洲、亚洲和非洲——目前已在整个世界被广泛应用。”[①] 因而，从源头上就带有西方中心主义痕迹的“元地理学神话”，业已成为世界公共知识架构的智识基础，一直将东方作为对峙存在的西方，也不断增添和完善着自己对东方的建构。自公元前 9 世纪古希腊人对世界进行划分起，西方关于东方的描述或知识就源源不断地涌现出来，形成了历史悠久又蔚为壮观的东方学。

东方学滥觞于古希腊。古希腊是由很多个独立的城邦构成的，并未出现过政治意义上统一的“希腊国家”，但在文化意义上却有一个统一的“泛希腊世界”，与这个世界伴随出现的，“是一种以统一的文化、习俗和宗教为基础的‘泛希腊’意识和‘希腊人’身份认同。”[②] 在与其他民族不断接触的过程中，古希腊人又逐渐萌发了将自己与非希腊的其他民族区别开来的意识，进而认为“非希腊人”不仅在各方面都与自己不同，而且比自己低下。这种以希腊世界的习俗和观念为标准对非希腊世界进行对立贬低的观念，直接影响了当时很多人的思想观念。比如，在悲剧《波斯人》中，埃斯库罗斯通过讲述波斯大军被希腊人歼灭的过程，既展现了亚细亚大地在空虚中悲泣的场景，又凸显了东方被西方施加负面想象与表达的行为。在希罗多德的《历史》一书中，有不少对埃及、巴比伦和古波斯的描述，他一方面给予了它们高度评价，处处指

① [美] 马丁·W. 刘易士，卡伦·E. 魏根 . 大陆的神话：元地理学批判 [M]. 杨瑾，林航，周云龙译 . 上海：上海人民出版社，2011:16.

② 陈佳寒 .“东方主义”的滥觞：希腊古典史家作品中的“他者”形象研究 [D]. 上海师范大学，2014:30.

出希腊文化所受到的这些民族或国家的文化上的各种影响，另一方面，他又始终秉持着“明确的希腊民族立场”[①]，将人类划分为希腊人和异邦人，以此把希腊人与非希腊人、欧罗巴与亚细亚、西方与东方区分开来。虽然他进行这种二元区分的目的是对两者的文化进行各个方面的比较，以此来揭示决定希波战争胜败的深层因素，但这种二元对立的基本原则，仍是在希腊人身份认同的基础上将异邦人或波斯人划归到与己对立的“他者”中去。可见，在这些古希腊人对东方的早期书写中，不论是想象性的文学作品，还是所谓纪实的历史著作，都是在以自我认同为核心的前提下，用二元对立的思维模式来观察东方、言说东方，因而成为后世东方学滥觞的源头。

在11世纪的十字军东侵时代，西方与东方在军事上的“短兵相接”，使西方进一步发展出有关东方的观点与关涉东方的想象。“从这一起源点开始，西方养成和发展了一种姿态、一些思想、以及一种操作手段，以之来解释、描述、建构、使用有关东方的思想”[②]，目的是要解释、说明和论证西方对自身的时代关注、恐惧和欲望。13世纪，马可·波罗在《马可·波罗游记》中，把东方中国描写成仙境福地一般，虽然“这本书本身就是非常含糊不清的，并不存在真正的原稿，而且流传下来的每一个抄本都不一样，其

① 王向远．希罗多德《历史》与“东方-西方”观的起源[J]．衡阳师范学院学报，2020(1):1-8.

② [英]齐亚乌丁·萨达尔．东方主义[M]．马雪峰，苏敏译．长春：吉林人民出版社，2005:1.

中包括不同抄写者的篡改、阐释、错误、添加等”[①]，但它所讲述的西方人一无所知的中国的无数故事，却开始了西方对中国的想象热潮，激起了西方航海家探寻东方的热情欲望。之后，随着西方向东方不断扩张，一些传教士和商人陆续来到东方，编写和记录关于东方文化习俗的种种著作。到了 16、17 世纪，一些学校和学术机构也加入进研究东方的热潮中来，不但有像巴黎大学、牛津大学这样的古老学校开始开设近东语言讲座，而且还有机构出版了一批根据东方资料编写而成的系统性著作。18 世纪，一些国家开始创办了专门的东方语言学校，使东方语言研究获得较快发展，很多东方经典也因之有了准确的译本出版，像中国的《易经》、阿拉伯的《古兰经》等等，都于此时期被陆续译出。不过，一般说来，“直到 18 世纪中叶，东方学研究者主要是圣经学者、闪语研究者、伊斯兰专家或汉学家（因为耶稣会传教士已经开始对中国的研究），就是到 18 世纪晚期亚洲中部广袤的地带还未被东方学家所征服”。[②]19 世纪成为东方学正式确立的时期，不论是系列考古发现与东方古代铭文的解读成功，还是东方语言的更加发展成熟，抑或是成绩卓著的东方历史研究，都使东方学在众多方面获得了突破和发展，既成为一个无所不包的巨大学术宝库，又作为一门学科而正式确立。20 世纪尤其是 20 世纪后半叶，东方学得到了进一步发展。在此时期，“东方国家的一批学者加入东方学研究行列，以不同于西方学者的民族文化视野研究东方学，以其材

① [英]齐亚乌丁·萨达尔. 东方主义 [M]. 马雪峰，苏敏译. 长春：吉林人民出版社，2005:20.

② 费小平. 东方学：从黑格尔到萨义德 [J]. 外国语文，2009(6):99-106.

料充实的东方学研究成果，异军突起。西方的东方学也更加深入，趋向客观，各名牌大学都设有东方学系或东方学研究机构，出版专门的东方学研究期刊”[①]，导致东方学研究日益繁荣，一些诸如敦煌学、汉学、日本学等研究领域甚至成为国际显学。

在东方学漫长的发展过程中，它虽然日益发展壮大，但却存在着明显的局限与缺如，其中之一即是其内涵界定。与“东方”内涵的变动不定相似，“东方学”的含义也充满了变动不定性，在不同时期不同国家的学者研究中，被界定了众多不同的含义。比如，1755 年，英国的塞缪尔·约翰逊博士在《英语词典》中，将“东方学”定义为“东方语言的习语：一种东方的说话方式”[②]；而在法国，1838 年的法语词典《词汇学》对“东方学”的界定是，这个词“被用来指代东方人的语言、历史和文明，以及对东方事物的品味”[③]；到了 20 世纪，1971 年的《牛津英语词典》对该词的定义逐渐成为了公认的权威定义，根据该词典的解释，“东方学”拥有两种含义，“在 18、19 世纪一般用于指精通于东方的语言和文学的东方学家的工作；在艺术世界中能鉴别出的通常与东方民族相联系的特征、风格或特性。”[④] 此后，虽然有学者对其含义进行过不同的界定阐述，但牛津英语词典中的定义一直持续到第二次世界大战结束以后。今天，我们认为，“东方学”作为一门学科，“是

① 黎跃进 .“东方学”与“中国东方学学术史”构想 [J]. 江淮论坛 , 2016(2):156-163.

② Macfie, Alexander Lyon. *Orientalism* [M]. London And New York: Routledge, 2013:20.

③ Macfie, Alexander Lyon. *Orientalism* [M]. London And New York: Routledge, 2013:21.

④ Macfie, Alexander Lyon. *Orientalism* [M]. London And New York: Routledge, 2013:3.

研究亚洲和非洲地区的历史、哲学、宗教、经济、文学、艺术、语言及其他物质、精神文化的综合性学科。”① 它包含着非常广泛的研究范围，既有东方历史、东方语言、东方文学、东方艺术、东方宗教、东方哲学、东方经济等不同领域的分支学科，也有中国学（汉学）、敦煌学、西夏学、埃及学、日本学、伊朗学、阿拉伯学等不同区域的分支学科，因而，在某种意义上，它是一个庞大的学科群体，积聚着几百年来数十代学者的努力，既有很多较为客观与公允的科学“成果”，也有不少心怀偏见与不良企图的意识形态“成果”。而在后一种东方学中，最为突出的弊病就是其西方中心的立场。

由于东、西方之间在近代存在着殖民与被殖民的关系，此时期的“东方学”也不可避免地沾染上帝国主义的意识形态，成为西方人居高临下看东方的产物，在地理、权力和表征之间存在着挥之不去的关联。它通过对“东方进行整体化、类型化、本质化和符码化，形成关于东方的集体观念、话语体系和社会体制”②，进而为西方殖民东方服务，沦为西方帝国主义的工具。但伴随着殖民地自治化时期的到来以及现代学术的发展，尤其是在 20 世纪下半叶，一些知识分子关注到东方学的这种思维方式与意识形态缺陷，遂对作为一种主义——侧重于思维方式和文化霸权主义内涵——的东方学展开了强有力的批判和攻击。总体来看，他们主要从四个方面对东方主义进行攻击：埃及学者安瓦尔·阿卜杜勒–马勒克在发表于 1963 年的《东方主义在危机中》一文中，用马克

① 孟昭毅，黎跃进．简明东方文学史 [M]. 北京：北京大学出版社，2005:1-2.

② 黎跃进．“东方学”与“中国东方学学术史”构想 [J]. 江淮论坛，2016(2):156-163.

思主义思想来对东方主义进行批判，认为它作为帝国主义的工具，旨在确保对所谓第三世界的殖民和奴役；叙利亚的学者 A.L. 提巴威基于 19 世纪欧洲倡导的相互尊重、科学超然与公正原则，在时隔十几年的两篇文章《对讲英语的东方主义者的批评》(1964)和《对讲英语的东方主义者的第二次批评》(1979)中先后表达了相同的思想，对东方主义进行了非常全面与犀利的批评；巴勒斯坦裔学者爱德华·W. 萨义德吸收和借鉴了德里达、葛兰西和福柯等人的理论，认为东方主义作为一种“累积的和合作的特征”，是一个“充满霸权的系统”，在知识与真理的科学化外衣迷障下，掩盖的是东方主义不断强化的权威意识和权力欲塑；英国学者布莱恩·特纳在《马克思主义和东方主义的终结》(1978)中，利用马克思主义思想对帝国主义文学进行批判性解读，进而认为东方主义作为一个信念、态度和理论的综合概念，深刻影响了东方的地理、经济和社会。在上述四次对东方主义的攻击中，最受人关注和争论、影响力最大的是爱德华·W. 萨义德的东方主义理论。

第三节　爱德华·W. 萨义德的东方主义理论

作为当今极具影响力的文学与文化批评家之一，爱德华·W. 萨义德(1935—2003)是著作等身、迭有创见的杰出学者。这位集学术研究与政治关怀于一身的学者，秉持着介入式理念积极进行政治参与，以具体的活动身体力行地阐释着自己有关知识分子的理解和信念，不断地从不同的角度和层面对权力、政治和文化之间复杂的、重要的关系进行分析探讨，出版了《开始：意图与方法》《世界·文本·批评家》《东方学》《文化与帝国主义》《知识分子论》等多部与此相关的专著，牢牢树立起了他作为后殖民主义理论大师的地位。在他这些极具雄辩力的著作中，发表于1978年的《东方学》一直被誉为是后殖民主义理论史上里程碑式的论著，自问世之初就有着广泛而持久的影响力，其新异性、颠覆性与挑战性，不但“将长期以来被拒之门外的政治经济现实的全球视角带入到文学研究领域，对西方传统的东方学发起严厉挑战”①，而且直接拉开了后殖民领域研究的序幕，开拓了一个学术探讨的新时代。

在这部后殖民研究的开山和扛鼎之作中，萨义德试图通过对知识谱系的解释来探讨东方主义话语与帝国主义之间的关系。他首先对“东方学”的含义做了三个层面的界定，进而对作为一个学科的“东方学”的发展与演变历史进行了基本的描述，目的是从中揭示隐含在传统东方学研究中的权力话语及其运行机制。在他看来，“东方学”具有三个相互联系的含义，其一是“作为学术研究的一个学科”②的含义，这种学术层面的称谓仍然用于许多学术机构中；其二指的是一种思维方式，它以“东方”与“西方”之间“本体论与认识论意义上的区分为基础”③，认为由于东西方在地理上分别居于地球的东西半球，在其他诸多方面也处于长期的区隔和对立状态，因而双方在政治、经济乃至语言文化等方面都

① 张跣.赛义德后殖民理论研究[M].上海：复旦大学出版社，2007:19.

② [美]爱德华·W.萨义德.东方学[M].王宇根译.北京：生活·读书·新知三联书店，2013:3.

③ [美]爱德华·W.萨义德.东方学[M].王宇根译.北京：生活·读书·新知三联书店，2013:4.

存在着难以弥合的巨大差异；其三是“西方用以控制、重建和君临东方的一种方式”[①]，它通过做出与东方有关的陈述，对有关东方的观点进行权威裁断，进而对东方进行描述、教授、殖民、统治等方式来处理东方的机制，因而，它作为一种权力话语和权力机制，是与西方殖民主义和帝国主义紧密联系在一起的，通过使东方成为西方属下的“他者”，服务于西方对东方的霸权统治。他虽然对“东方学”的含义进行了厘清与界定，但其真正关注和着力探讨的只是后两种“东方学”——“东方主义”的含义。

在萨义德看来，东方主义作为一种主体理论，是西方主体构建出来的一整套以西方为中心的话语系统。西方秉持着东西方在本体论与认识论意义上的区分为基础的思维方式，运用二元对立的表述系统对东西方各自的特征进行预先分别，通过人为创造出来的理论和实践体系将遥远的异域东方强制性地整合进他们预设的知识与价值框架内，进而将东方界定为自我所“需要”的那个非自我——“他者”。在这种自我—他者关系中，西方从欧洲中心主义立场出发，通过真实或想象将西方与东方进行绝对区分，然后带着一种西优东劣的理论前提对东方进行观照，从始源性上将它处理为一个与西方互相对应着的差异的存在。西方如果是理性的、贞洁的、进步的和正常的，东方则被叙述成非理性的、堕落的、停滞的与不正常的；西方如果是文明的，东方就是野蛮未开化的；如此等等众多优劣、强弱的关系词语与修辞系统，不但构成了一系列西方关于东方的知识权力体系，而且还为“东方化”东

① [美]爱德华·W. 萨义德. 东方学[M]. 王宇根译. 北京：生活·读书·新知三联书店，2013:4.

方提供了依据，进而在想像与统归东方的同时实施对东方的掠夺与统治。因而，东方主义“归根到底是从政治的角度察看现实的一种方式，其结构扩大了熟悉的东西（欧洲、西方、‘我们’）与陌生的东西（东方、‘他们’）之间的差异。这一想象视野在某种意义上创造了以这种方式构想出来的两个世界。东方人生活在他们的世界，‘我们’生活在我们的世界。这一想象视野与物质现实相互支撑，相互推动对方的运行。”[①] 西方所创造的东方尽管并不是真正的东方，只是被人为想象建构出来的东方，但这种西方所发明的强加于东方之上的学说，却充满了西方对东方的强权预设与利己想象，既剥夺了东方的主体地位，又使其失去了自主性，完全是一种典型的权力运作方式。

这种隐含着权力的东方主义，虽然配带着学术的假面，但实则关涉到权力、利益以及主宰。不论是大学开设东方语言课程培养东方语言专家，还是汇编各种有关东方的世俗知识资料，以及专门为西方外交政策和帝国主义服务等行为，都是从字典式的知识话语转向了现实的政治话语，表现出非常现实的政治考虑。而且，随着长时间的思想灌注，这种“想象的现实”逐步演变为“现实的想象”——人们将其当作科学的真理接受下来，不但以此对抗他们想象中的东方他者，而且为西方实施殖民扩张和霸权实践提供了深层的认识论基础，致使东方由“异域想象”转变为“殖民空间”。正是在这个意义上，作为西方殖民扩张产物的东方主义变成了西方主体借以征服东方客体的工具，其表征系统的目的不

① [美]爱德华·W. 萨义德 . 东方学 [M]. 王宇根译 . 北京 : 生活·读书·新知三联书店 , 2013:54.

但是为了制造出一个东方“他者”，从而更好地确保西方自我的稳定与至高无上，而且是为了指向帝国实践，借文本性的态度将想象的地域与殖民主义和帝国主义紧密联系起来，达成暗合与共谋。因而，“学术上的东方主义在作为机制发展起来的同时，实际上也作为帝国主义和殖民主义结构建立了起来”[①]，导致它在研究体制和内容上获得巨大进展的时期，正好与欧洲急遽扩张时期相吻合。

虽然萨义德的研究限于19世纪的西亚或伊斯兰东方，但事实上，在东西方二元对立的差异与等级世界秩序中，作为西方的文化他者的东方，是可以延伸的，从埃及、土耳其一直到印度、中国、东南亚甚至西方世界之外所有地区。而且，作为欧洲物质文明内在组成部分的东方主义，尽管过去二百年来的话语策略发生了重大变化，但从本质上讲未能得到发展，仍然是二元对立的思维方式与认知策略，西方的各种知识体系和与之相连的权力意志、原型文化以及美学领域，在完全不同的历史时期也仍然具有明显的一致性。对此，萨义德认为东方主义有两种，“一种几乎是无意识的（当然是无法感触的）确信——我称其为隐伏的东方学，与一种对东方社会、语言、文学、历史等所做的明确陈述——我称其为显在的东方学之间的区分。有关东方的知识中所出现的任何变化几乎都无一例外地可以在显在的东方学中找到；而惰性、稳定性和持续性则或多或少地永远存在于隐伏的东方学之中。”[②]借由对东方主义的区分，他考察了20世纪的东方主义如何成功地实施其

① 张跣．赛义德后殖民理论研究[M]. 上海：复旦大学出版社，2007:68.

② [美]爱德华·W. 萨义德．东方学[M]. 王宇根译．北京：生活·读书·新知三联书店，2013:262.

对自由和知识的控制。东方主义不仅是西方历史中任何时期都存在的关于东方的确切学说，而且还深深影响着后来发展的学院传统和文化传统，它与具体知识、公共机构、传统习俗、为了达到某种理解效果而普遍认同的理解代码之间的联系，具有累积性和合作性。当作家或学者试图对东方进行个人化的描述时，总会有一种全能的定义机制作为适于讨论的手段出现，不论是梦幻、形象或词语组合的话语符码，还是假设、想象或虚构的思想意识，“隐伏的东方学为他提供了一种清晰表述的能力，这一能力可以被使用，或者说，被唤醒，并且被转化为可以用于具体情境的明确话语。”[①] 可见，隐伏的东方主义作为内在的、“无意识的”与“无法感触的”观念和意识，不但是作家、学者的个人偏见的真正来源，而且还决定着个人与文本在东方主义网格中的位置，它以无以复加的霸权体系对作家、学者或思想家的内在进行控制，使他们无意识地沿袭着前任们赋予东方的异质性、怪异性、落后性、柔弱性与怠惰性，永远难逃自己的这张巨网。尽管作家不会驯顺地接受这种反自由的状态，会发挥自己最大的能动性，创作出极富创造力和想象力的作品，不会一味“机械地受到意识形态、阶级或经济历史的限制”[②]，但他们也是生活在社会历史中的个体，无法摆脱他所处的历史时代和意识形态的影响，会不可避免地被他所处社会的历史和社会经验所塑造。因而，作家再现东方的行为

① [美]爱德华·W. 萨义德 . 东方学 [M]. 王宇根译 . 北京：生活·读书·新知三联书店，2013:282.

② 王宁，生安锋，赵建红 . 又见东方——后殖民主义理论与思潮 [M]. 重庆：重庆大学出版社，2011:56.

方式、条件、动力与场域总是与特定的社会历史文化语境相关联。

总之，在《东方学》这部殖民话语研究领域中的奠基性文本中，萨义德“不仅在主导传统东方学研究的历史分析中导入了文学批评的维度，而且使得多种学科的批评路径纳入到东方主义统一框架之下形成了一种跨学科的文化批评模式。”[①] 他通过对东方主义内含的权力性、意志性和体制性话语结构的解构，深刻地揭示出东方主义话语中的东方形象实质及其稳定本质形成的根源，在达成对西方文化霸权进行批判性研究的同时，也撕开了东方主义的天鹅绒手套，展露出它权力之手的真容。

① 管勇 . 再现的权力——萨义德文化政治批评研究 [D]. 扬州大学 , 2012:61.

第三章　卡森·麦卡勒斯东方主义思想探源

人们一直相信，一个艺术天才，一个具有原创性或强有力的人，可以超越其时代和地域的局限，从而将富于创造性的新作呈现在世人面前。然而，学术性和想象性的写作从来就不是自由的，“即使再富天才和灵思的大脑在特定的文化中也不可能不受到一些限制”[①],卡森·麦卡勒斯的文学实践也难以例外。她在从事小说创作时，虽然施展着自由的想象与天才的创造悟性，但也受到社会体制性力量的制约和规训，既无法摆脱其所处历史时代和意识形态的影响，又难以逃离美国社会与文化传统的强大涵化约力，始终被拘囿于时空与历史的方格之中。总体而言，麦卡勒斯的东方主义思想，既来源于美国东方主义传统的总体政治语境，又归因于她自身的个性偏好与有关种族的思想，还与当时现实的突发情况密切相关。

第一节　美国的东方主义传统

根据爱德华·W. 萨义德在《东方学》中的观点，东方主义主要是“英国和法国的文化事业”[②]。自 19 世纪早期到第二次世界大

---

① [美]爱德华·W. 萨义德. 东方学 [M]. 王宇根译. 北京：生活·读书·新知三联书店, 2013:258.

② [美]爱德华·W. 萨义德. 东方学 [M]. 王宇根译. 北京：生活·读书·新知三联书店, 2013:5.

战结束，英国和法国一直主导着东方与东方学，但自第二次世界大战开始，美国逐步在此领域占据主导地位，并以与“法国和英国同样的方式处理东方”①，使其东方主义与英法等欧洲帝国的东方主义具有隐匿的连续性和相同的内在本质。

从根源上讲，美国的东方主义根源于16、17世纪到达北美的欧洲移民的态度和价值观。当时的“欧洲人认为东方的文明比他们自己的文明更腐朽，更奇异，更不道德，这些态度在18世纪及以后的欧洲帝国被制度化，因为大不列颠、法国和其他国家将他们征服世界、追求资源与劳动力视为文明使命。”②这种以欧洲东方主义及其对亚洲人的负面描述为基础的东方主义论述，开始在北美的处女地生根发芽，不但在社会和政治形态领域逐渐滋生出扭曲的东方和亚洲观念，而且演变为一种“昭昭天命”的意识形态，帮助美国证明其国家建设超越自身边界的正当性。它通过宣称美国在文化、经济和政治上占据主导地位，虏获了很多欧美人的野心，使他们在征服西部边疆的过程中，不断向太平洋沿岸投射出贪婪的目光，想象着岛屿文明和亚洲大陆需要他们的道德指导与行为匡正。可见，这种东方主义的美学，秉持着美国与东方在“本体论和认识论意义上的区分为基础”③的思维方式，以特

① [美]爱德华·W. 萨义德. 东方学[M]. 王宇根译. 北京：生活·读书·新知三联书店，2013:6.

② Leong, Karen J. *The China Mystique:Pearl S. Buck,Anna May Wong,May ling Soong,and the Transformation of American Orientalism*[M]. California :University of California Press, 2005:7.

③ [美]爱德华·W. 萨义德. 东方学[M]. 王宇根译. 北京：生活·读书·新知三联书店，2013:4.

定的形式支持着美国作为全世界道德和经济力量的新兴角色。它通过一整套知识文本与观念体系、规范与机制，对东方进行想象、陈述、评定和裁断，构筑了一个与美国截然不同的所谓的“东方”，并赋予该“东方”一系列与自身不同的文化特征，诸如神秘、放荡、残暴、堕落、专制、腐败、敝旧、停滞、混乱、邪恶……等等，使东西方处于完全二元对立的等级秩序中。这种西方话语体系下的二元对立关系，既是美国对东方进行他者化凝视不对等关系的体现，也是美国“用以控制、重建和君临东方的”[①]话语方式，目的都是为美国对东方他者实施控制操纵和吞并野心提供合法性辩护。因而，在美国的东方主义传统中，不论是对东方进行异国情调化想象，还是对东方进行种族化贬低，其功能都是打开知识与权力之间的通道，借学术发现与语言重构为美国的殖民扩张找寻“正当理由”。

首先，美国的东方主义表现为浪漫化和异国情调化东方。在美国，其东方主义是物质文化的一个有机部分，它“借助于人们对东方物质的着迷而成为自身文化优越性的表达，在早期就已经扎下根了”[②]，只是直到19世纪中期，它依然基本上只与远东相关，因为美国长期以来一直在军事、外交和经济等方面参与远东事务。至于中东，美国虽然不像英法那样卷入中东事务那么深，但也不是与其毫无关联。早在18世纪，就有传教士、商人和宗教朝圣的

① [美]爱德华·W.萨义德.东方学[M].王宇根译.北京：生活·读书·新知三联书店，2013:4.

② Rosenblatt, Naomi. “Orientalism in American Popular Culture” [J]. *Penn History Review*, Vol.16, Iss.2, 2009:50-63.

旅人到过中东，与中东有过近距离的接触。及至 19 世纪早期，由于美国海军与北非地区的海盗在海上频繁遭遇，导致美国公众形成了中东人野蛮、残忍和未开化的印象。而后近三十年的时间里，美国海军与海盗的零星战争更是进一步加深了这些印象，以致整个 19 世纪的报纸、布道和演讲中，大多都是对中东负面刻板印象的渲染——“土耳其人被认为是坏不堪言的、不可救药的野蛮人；阿拉伯人是生来狂热于暴力、虚假、幼稚的；亚美尼亚人则是奴隶的、无知的、狡猾的”[①]。虽然美国与中东存在着军事或文明观念的冲突，但他们的商业与经济合作却未因此而受阻碍。“在 1870 年代，美国企业购买了二分之一的土耳其鸦片转卖给中国，同时也出售给奥斯曼帝国从军舰到煤油的各种商品”[②]，而随着吸食鸦片的美国人越来越多，种植鸦片的奥斯曼帝国逐渐成为奢侈与富裕的象征，美国公众也逐渐形成了“奢侈与富裕”的中东印象。由美国军事和经济建构出来这两种有关中东的刻板印象，虽然截然相反但却完美相依地并存于美国公众的头脑之中，不断催生出美国人去向中东旅游的热潮。到了消费主义日趋上升的维多利亚时代，由于“进口公司使无需亲自到东方采购就能将与东方特色异国情调的接触或装扮成为可能”[③]，充满异域风情的中东阿拉伯半岛成为吸引观众眼球的元素，开始作为一种显著不同的美学成为美国商

① Edwards, Holly. *Noble Dreams,Wicked Pleasure: Orientalism in America,1870-1930*[M]. Princeton: Princeton University Press, 2000:19.

② McAlister, Melant. *Epic Encounters:Culture,Media,and U.S. Interests in the Middle East since1945*[M]. Berkeley: University of California Press, 2000:14.

③ Edwards, Holly. *Noble Dreams,Wicked Pleasure: Orientalism in America,1870-1930*[M]. Princeton: Princeton University Press, 2000:31.

业的一种销售策略。在美国商界，它们将东方的异国情调与奢侈和感官享乐相连，尤其是“通过浓重、温暖的颜色、异国情调模式，以及对绿洲、闺房、清真寺和集市的描述”[①]来凸显东方的神秘与感官诱惑，试图凭借令人愉悦的东方元素增加美国中上层阶级接受新的消费倾向的可能性。

在1893年芝加哥举办的哥伦比亚世界博览会上，不管是外国建筑、外国展品、外国人种，还是体育活动、流行音乐、真人秀、马戏表演，甚至模拟军事战争的游戏，它们在营造轻松时尚氛围的同时，也为美国人提供了一个全面接触异域文化的绝好机会。“肚皮舞、贝都因人、骆驼和猴子……这是东方为骄傲的美国观众从本土带来的”[②]异域风情，不论是性感的肚皮舞女郎，还是奢华的清真寺庙与方尖碑，都是对日常中东生活的浪漫化处理，极大地满足了美国民众对中东的所有遐想。除了这些吸引人的中东风情外，博览会上“展出的中国和日本的艺术品激起美国人对东亚艺术的广泛兴趣”[③]，中国的壁纸与瓷器、日本的浮世绘、菲律宾的藤桌藤椅……，这些异国情调的东方趣味，激发着美国人的热烈憧憬与强烈兴趣，进而日渐影响和渗透到他们的现实生活深处，逐步成为他们日常生活的装饰与点缀。不论是中国的手工艺品，还是中国式的房屋装饰风格，抑或是东方的餐饮，都逐渐成为美国城市风景中的一部分。因而，“当英国和法国的东方主义主要局

① Rosenblatt, Naomi. “Orientalism in American Popular Culture” [J]. *Penn History Review*, Vol.16, Iss.2, 2009:50-63.

② Rosenblatt, Naomi. “Orientalism in American Popular Culture” [J]. *Penn History Review*, Vol.16, Iss.2, 2009:50-63.

③ 王立新 . 中国文化在美国的早期传播及其影响 [J]. 美国史研究通讯 , 2009(2):3-24.

限于学者和知识分子时，美国的东方主义却在维多利亚时期生机勃勃的消费文化中得到了体现”[①]。

20世纪20年代以后，随着美国商业经济的发展，消费主义观念逐渐由中上层阶级向普通人蔓延，具有东方元素或东方趣味的商品更是被输送到美国的大街小巷，成为美国人日常生活中的一部分，并且日渐进入私人家庭空间，成为美国中产阶级家庭物质文化的一部分。从《韦氏新国际词典》中的词条来看，“几乎有三栏密密麻麻的带有‘中国’前缀的单词”[②]，中国棋、中国灯笼、中国红、中国黄……，可见，与中国等东方相关的元素已然成为他们生活风情的片段，既丰富多样，又随处可见。总之，物质上的东方主义已使遥远异域的东方近在眼前、伸手可及。

这种浓厚的东方主义氛围影响了麦卡勒斯对东方的态度，使她也表现出对东方物品的浪漫想象与异国情调化。她在婚后写给好友——钢琴教师的女儿——吉恩·塔克的信中，与她分享了自己生活中的所有细节，“甚至包括一些小事，比如太阳是如何照在搁在冰箱上的中国小碗上，如何在房间里投射下金色的光柱。每件事都是这样的美好。”[③]虽然她不是个好厨子,也不热衷于烹饪事宜，但阳光照射下的中国小碗却让她感受到了生活中片刻的美好与满足，以至于迫不及待地写信告诉好友这温暖柔美的时刻。除此之

① Rosenblatt, Naomi. “Orientalism in American Popular Culture” [J]. *Penn History Review*, Vol.16, Iss.2, 2009:50-63.

② [美]哈罗德·伊萨克斯. 美国的中国形象[M]. 于殿利，陆日宇译. 北京：时事出版社，1999:85.

③ [美]弗吉尼亚·斯潘塞·卡尔. 孤独的猎手：卡森·麦卡勒斯传[M]. 冯晓明译. 上海：上海三联书店，2006:85.

外，她对富有东方韵味的中国或日本袍服也很感兴趣。她不但穿着长袍出席重大场合，而且还经常向朋友夸耀她的这些“最爱”，尤其是表哥约丹·麦西赠送给她的那件中国长袍。那是一件“近乎紫色的深玫瑰红长袍，袍身绣满了蓝色、粉色和绿色的花与叶子，收拢的领口处有宽大的珠饰、绣花翻领和十字花纹”[①]。她说这件长袍“已经有两千年历史了。这是旧时去参见太后的时候才能穿的，一代一代传了下来。这件长袍最后辗转到了旧金山”[②]，被他买下来赠送给了自己。但真相是这件袍子最多也就一百五十年的历史，她只是喜欢夸大这件袍子年代的久远和重要的仪式意义。尽管她的讲述中杜撰虚构的成分很多，但她将其古董化地言之凿凿地讲述，却极易使听众在心中叹服的同时展开对古老东方的浪漫想象。

麦卡勒斯对东方物品的这种现实态度也影响到其小说中的人物身上。在《心是孤独的猎手》中，哑巴辛格给好友安东尼帕罗斯画速写时，直到把“他的脸改得很年轻很英俊，把他的头发染成金黄，眼珠子画成中国蓝”[③]才使他满意。身为希腊人的安东尼帕罗斯，本应是黑眼珠，但却喜欢色泽浓艳、饱和度很高的中国蓝，认为金黄头发蓝色眼珠和年轻英俊的脸才是最佳搭配。比夫·布瑞农在妻子死后重新布置了自己的卧室，“他买了一块漂亮的中国蓝布……桌上有日本小宝塔，一阵堂风吹过，塔上的玻璃

① Shapland, Jenn. *My Autobiography of Carson McCullers*[M]. Portland: Tin House Books, 2020:37.

② [美]卡森·麦卡勒斯. 启与魅：卡森·麦卡勒斯自传 [M]. 杨晓荣译. 北京：人民文学出版社, 2019:87.

③ [美]卡森·麦卡勒斯. 心是孤独的猎手 [M]. 陈笑黎译. 上海：上海三联书店, 2007:7.

垂饰发出奇怪的音乐般的声音。”[①] 红色的地毯与窗帘、漂亮的中国蓝布与蓝丝绸垫子、收藏的人形奇石等标本、别样奇特的日本小宝塔，等等，这些极具东方特色的饰物使“他爱这个房间”[②]，觉得将“东方”完全收纳进来了，是完全按照自己的癖好装饰的既奢侈又稳重的一间屋子。在《金色眼睛的映像》中，潘德腾上尉“是个衣着时髦的家伙”[③]，穿过一件用中国产的重磅真丝做成的西服。《赛马骑师》中的骑师“穿的是一套中国绿绸子衣服”[④]。可见，这些人物都比较热爱东方元素，在将它们作为已有家具或衣服的精美补充与点缀的同时，满足自己对东方异域色彩的渴望。

其次，美国东方主义掺杂着以盎格鲁—萨克逊白种人优越性的种族主义维度。对美国而言，只有盎格鲁—萨克逊人种才是纯正的白种人，除此之外，世界其他国家的人几乎都是非白种人，就像他们的开国三杰之一本杰明·富兰克林所说的那样：“世界上白种人的数量其实相当少。所有的非洲人都是黑种人或黄种人。亚洲主要是黄种人。美洲也都是黄种人（除了那些来到美洲的早期定居者）。欧洲的西班牙人、意大利人、法国人、俄国人和瑞典人，我们一般都称他们黑肤色的人；德国人中，除了撒克逊人，

---

① [美]卡森·麦卡勒斯．心是孤独的猎手[M]．陈笑黎译．上海：上海三联书店，2007:213.

② [美]卡森·麦卡勒斯．心是孤独的猎手[M]．陈笑黎译．上海：上海三联书店，2007:213.

③ [美]卡森·麦卡勒斯．金色眼睛的映像[M]．陈黎译．上海：上海三联书店，2007:10.

④ [美]卡森·麦卡勒斯．伤心咖啡馆之歌——麦卡勒斯中短篇小说集[M]．李文俊译．上海：上海三联书店，2007:91.

也是黑肤色，撒克逊人和英格兰人，是地球上白种人的主体。”[①] 这种根据肤色将人类分为纯正白种人与非白种人的思想，是典型的种族优越论思想，其恶果不只是使美国人觉得他们是纯正的白人就天生地高其他种族人一等，更主要的是他们会因此产生强烈的排斥其他种族的排他性心理，进而滋生出征服有理的思想。因而，作为与近代西方殖民主义相伴而生的一种意识形态，种族优越论思想不仅在美国国内事务上烙上了深深的印记，更加重要的是，它还成为美化美国对外扩张合理性时得心应手的工具。

回顾美国的发展历程，会发现其发展壮大与其向西扩张的策略密不可分。早在美国独立之前，美利坚就开始向北美大陆西部扩张，但直到 18 世纪末，才正式开始了向西部开疆拓土的西进运动。在长达近一个世纪的西进运动中，美国的经济、科技和军事快速壮大，国土面积也飞速扩展，其边境线也逐步推进到太平洋沿岸，而从俄国购买阿拉斯加的行为更使其拥有了监视欧亚动向的前哨阵地。阿拉斯加不但面积巨大，而且是北冰洋与太平洋的连接点，是美洲最靠近欧亚大陆的陆地，是“美国控制北太平洋地区的战略要地”[②]。1894 年，美国在檀香山推翻夏威夷王国，并于美西战争后兼并了夏威夷群岛。爆发于 1898 年的美西战争“使美国踏入加勒比海区、跨过太平洋，完成了第一次殖民扩张，结束了美国的大陆主义。美国占据了古巴、波多黎各及太平洋的 3 个

① [美] 布鲁斯·卡明思. 海洋上的美国霸权：全球化背景下太平洋支配地位的形成 [M]. 胡敏杰，霍忆湄译. 北京：新世界出版社，2018:16.

② [美] 布鲁斯·卡明思. 海洋上的美国霸权：全球化背景下太平洋支配地位的形成 [M]. 胡敏杰，霍忆湄译. 北京：新世界出版社，2018:130.

战略地理位置：关岛、复活岛一路延伸到马尼拉，以及菲律宾群岛”。[①] 通过驱逐、谋杀、镇压、征服以及战争与购买等不同手段，美国一步步从北美西海岸延伸到太平洋地区并到达东亚，在完成领土扩张的同时，也逐渐成长为一个无边界的海上帝国，打造出了世界上最宽阔、最安全的海港，最终变为了太平洋区域的海上霸权帝国。可见，在美国社会急遽变化和全球力量上升的过程中，美国通过国内的开疆拓土与在远东的一系列冒险活动，逐渐实现了它的目的——加深或扩大与中国、日本和亚洲的贸易，他们“觊觎着中国以及上（19）世纪转折时期的日本、韩国和菲律宾等各国淘金的热门选地”。[②] 因而，对美国而言，所谓“东方”更可能与远东（主要是中国和日本）联系在一起。

美国在西进路上的急速扩张与所向披靡，更加坚定了他们对自己种族和文化的无比自豪的优越感，更为坚信“上帝站在美国一边。美国代表着进步和未来世界最好的社会模式”。[③] 这种笃信不疑的优越感，赋予美国进行国内外扩张以动力。在他们看来，不论是南方的黑人、边疆地区的印第安人、加利福尼亚的墨西哥人，还是遥远的菲律宾人、中国人、日本人和朝鲜人，这些国内外的非白种人都是美国扩张路上的障碍，都是与美国的白种人截然不同的他者，要么野蛮、丑陋、粗野，要么缺乏理性、道德沦丧、幼稚可笑，就像在 1915 年旧金山召开的巴拿马—太平洋国际

① [美] 布鲁斯·卡明思 . 海洋上的美国霸权：全球化背景下太平洋支配地位的形成 [M]. 胡敏杰，霍忆湄译 . 北京：新世界出版社，2018:194.

② [美] 布鲁斯·卡明思 . 海洋上的美国霸权：全球化背景下太平洋支配地位的形成 [M]. 胡敏杰，霍忆湄译 . 北京：新世界出版社，2018:7.

③ 董小川 . 20 世纪美国宗教与政治 [M]. 北京：人民出版社，2002:222.

博览会的拱门雕像那样，日出拱门上的“东方各国”雕像展现的是地球上那些古老的、悲伤的、绝望的东方国家，而日落拱门上的西方国家则代表着充满抱负的种族，是充满希望的、轻快的和进步的。两者并置在一起，目的就是通过鲜明的对比展示出东方的异质与东西差异，进而借以宣扬美国优越的政治文化与蒸蒸日上的发展动力。早在 1893 年芝加哥举办的哥伦比亚世界博览会上，就“有十七个东方展览馆被建造，包括达荷美人、中国人、爪哇人、苏丹人、阿拉斯加人、阿拉伯人、南洋人、阿尔及利亚人和美国印第安人。这些展示与畸形人秀相似”①,都是供人观赏的对象。尽管这些东方人的身体正常，毫无畸形，但却因人种和肤色迥异而成为一种怪异和新奇的存在，引得观众竞相围观窥视，极大地满足了“美国人对于其他人种的好奇心”②。这种表现异域原住民原始和野蛮生活的特色展示，作为美国势力强大与扩张的成果，既迎合了当时大众对其他文化的猎奇心理，又体现出美国人“对太平洋沿岸的人民怀有强烈的民族歧视”③,是典型的种族主义作祟心态。在这种心态下，美国人将自己的“文明”视为正常，异域居民的“野蛮”自然而然便成为不正常，而不正常的后果就是被观赏、被改造、被驱逐或者被杀戮，完全剥夺了“非美国人”自己作为主体、主人的身份与权力。

在麦卡勒斯出生的佐治亚州哥伦布小镇上，每年秋天都有畸

① Hincapie, Luz Mercedes. “Race And Gender At The Chicago Columbian Exposition,1893:A Cuban Woman’s Perspective” [J]. *Kunapipi,* 26(1),2004:231-238.

② 畸形秀不完全发展史 [OL]. http://www.sohu.com/a/298076051_726621, 2019-02-26.

③ [美] 布鲁斯·卡明思 . 海洋上的美国霸权 ：全球化背景下太平洋支配地位的形成 [M]. 胡敏杰 , 霍忆湄译 . 北京 : 新世界出版社 , 2018:7.

形人巡回演出的表演。麦卡勒斯在十岁时，曾与女伴一起去游乐场观看过这样的表演，“小脑袋的白痴、香烟人，还有蜥蜴皮肤的女人……我一个都不想错过”[①]，特别想一睹为快，满足自己对各色畸形人的好奇心。在《婚礼的成员》中，弗兰淇所生活的南方小镇也会于每年十月的市集场地上举行整整一周的查塔胡契博览会。在博览会期间，她把怪人宫里的怪物“成员都看了个遍：巨人、超级肥婆、侏儒、黑野人、针头人、鳄鱼男孩、阴阳人”[②]，其中，“黑野人来自一个蛮荒的岛屿，他蹲在帐中，身边堆积着积满灰尘的骨头，以及棕榈叶子。他还活吃老鼠。……黑野人把老鼠的头在他弯着的膝盖上一磕，然后撕开毛皮，嘎吱作响地狼吞虎咽，眼里闪着贪婪的光。”[③]在这段亲身所历亲眼所见的场景中，黑野人的野蛮疯狂与血腥残忍一展无遗，他活吃老鼠的粗暴画面在直接考验观者心理极限的同时，也满足了“文明”人对于“野蛮人”所有好奇与想象。至于他到底是真正的黑野人，还是赛尔马的黑人疯子，都已无关紧要，紧要的是他那黑色的皮肤与野蛮的行为，就决定了他与美国白人之间的天壤之别，既是非白人族类，定是非正常人群。可见，通过畸形秀或异域秀中舞台上下与演员观众的对比，建构出不正常的舞台演员异域人和正常的观众美国人的对比框架，在这个对比的框架中，美国公众成为观看和评判的主体，东方的异域土著居民成为被观看和被评判的客体，任由

---

① [美]弗吉尼亚·斯潘塞·卡尔. 孤独的猎手：卡森·麦卡勒斯传[M]. 冯晓明译. 上海：上海三联书店，2006:1.

② [美]卡森·麦卡勒斯. 婚礼的成员[M]. 周玉军译. 上海：上海三联书店，2006:19.

③ [美]卡森·麦卡勒斯. 婚礼的成员[M]. 周玉军译. 上海：上海三联书店，2006:20.

美国白人对其进行描述、评判和想象。很明显，美国白人与东方居民之间存在着明显不对等的地位，而究其根源，就是东方主义中的种族主义在作梗。

第二节　卡森·麦卡勒斯的个性偏好与种族思想

文学创作作为一种创造性的精神活动，是作家的感性生命活动对象化的过程，既有他丰富的人生经历和独到的人生经验的流露与渗透，也有他对生命与生存境遇、社会与自然、历史与现实的深刻思考与瞬间领悟。不论是生命本身的动态过程所产生的人生积淀，还是体悟人生百味的心灵体验，都是构成其文学创作的巨大能源，会时时播撒在其文学天地之中。当然，作家的这些人生经验源于多种渠道，既可以是自己生命历程中的种种亲身经历，也可以是源于文字或者他人的间接经验；既可以是有意地关注与找寻，也可以无意地偶然获得；既可以是牢固永久地印在记忆深处的种种"震撼"，也可以是时隔未久的新鲜切近"刺激"。这些构成作家进行文学创作的巨大能源，都会影响着其创作旨趣的选择与成型，麦卡勒斯的个性偏好与种族思想，就深深地影响着她东方主义思想的形成。

首先，麦卡勒斯有着强烈的好奇心。不论是陌生与未知的外在世界，还是世上的奇人怪事，麦卡勒斯都具有一探究竟的好奇心。在孩提时代，她也像普通的孩子一样，对外界所有新鲜未知的事情充满了好奇心，只是好奇心稍微极端了点儿。在她四岁的某一天，当她与保姆路过一个天主教修道院，从栅栏向天主教修道院里张望时，看到一群孩子在吃冰激凌荡秋千，便非常想进去加入到他们中间，但非天主教徒不得入内的规定使其只能被关在外面。这次修道院不可进入的经历，不但让她情绪崩溃、大吵大闹，而且还变成了一种她“终生都能感受到”①的被排斥与孤立的鸿沟。对她而言，真正令其感到痛苦的与其说是被拒之门外的难过，不如说是好奇心未能得到满足的伤心，正因如此，许多年来，她一直都在“想着里面在做什么，那么个精彩的聚会”②，始终无法忘却那种因被拒绝而不能看个究竟的“伤害”。

对于这种极端强烈的好奇心，她在 1940 年 12 月发表的《回望故乡，美国人》中做了间接的承认。在这篇非小说的文章中，她以温暖、私密的笔调描写了她在北卡罗莱纳结识的朋友莱斯特，描写了他对旅游的激情以及对了解这个世界的渴望，“我们怀恋所熟悉的事务，渴求外面陌生的一切……我们对国外的地方和新的方式的饥渴，几乎像一种民族病那样伴随着我们”。③在她看来，这种对陌生、未知世界的强烈好奇与渴望，既激发着人们去进行诸如旅行、征服和体验新生活等这类外向性活动，又促发着人们对未知世界保持着永不停息的热情。因而，一有机会，她便如饥似渴地有意拜访和结识国外有名人士，认真聆听他们的冒险、新奇或惊险的经历，通过这种间接的方式满足自己对外部新奇世界

① [美] 弗吉尼亚·斯潘塞·卡尔. 孤独的猎手：卡森·麦卡勒斯传 [M]. 冯晓明译. 上海：上海三联书店，2006:26.

② [美] 弗吉尼亚·斯潘塞·卡尔. 孤独的猎手：卡森·麦卡勒斯传 [M]. 冯晓明译. 上海：上海三联书店，2006:26.

③ [美] 弗吉尼亚·斯潘塞·卡尔. 孤独的猎手：卡森·麦卡勒斯传 [M]. 冯晓明译. 上海：上海三联书店，2006:142.

的渴望。1940年，随着波兰、挪威、丹麦以及法国等欧洲国家的相继陷落，由战争导致的大批欧洲难民竞相涌入美国，其中就有很多的欧洲知识分子。当德国作家托马斯·曼的两位后人流亡到美国时，正在纽约居住的她立刻前去拜访他们，并在他们家中结识了对她影响至深的“爱人”安妮玛瑞·克拉拉克-舒瓦森巴赫，此后，她便经常在吃晚餐时长时间地“坐在她们脚下，深深地陶醉在她们那些惊险和悲哀的故事里”[①]：白雪覆盖的神奇瑞士、化妆逃亡的冒险经历、陌生新奇的东方阿富汗、印度和土耳其，等等；在认识德国作家阿尔弗莱德·坎托罗威茨后，她也不停地睁着眼睛，一遍又一遍地询问有关他的流亡生活、地下活动、集中营、西班牙内战、监狱和逃跑等方面的细节；在沙都见到阿格尼斯·史沫特莱后，她立刻被后者在中国生活的故事所吸引，认真聆听她的意识形态理论。通过结交这些新朋友，既让她听到了种种前所未闻的新鲜故事和传奇经历，又令她感觉到遥远的东方与欧洲就真真切切地展现在面前，不但加深了她对外在陌生世界的深刻认知，而且满足了她对未知事务的强烈好奇心。

麦卡勒斯既渴望了解外在世界的一切，又对日常生活中陌生的人、事充满了好奇，“是对奇人怪物有着确定爱好的人。”[②]当她四五岁时，跟着家人搬到新的街区居住，便开始“对她在街上遇到的黑人充满了好奇和兴趣。……每当看到一个黑人妇女在院子

① [美]弗吉尼亚·斯潘塞·卡尔.孤独的猎手：卡森·麦卡勒斯传[M].冯晓明译.上海：上海三联书店，2006:108.

② [美]弗吉尼亚·斯潘塞·卡尔.孤独的猎手：卡森·麦卡勒斯传[M].冯晓明译.上海：上海三联书店，2006:120.

里把要洗的衣服放进架在火上的锅里煮，或者制造有臭味的碱性肥皂，她就蹲在旁边观看这个神奇的过程，仔细询问有关这些劳动的各种问题”[①]，通过这些一个个的为什么，她终于了解和熟悉了黑人生活的某些片段，在获得新鲜刺激的同时，也满足了她对新奇人物和事物一探究竟的好奇心理。在她看来，她之所以对奇人怪事感兴趣，主要是她认为“大自然的万事万物都不是畸态的——任何脉动着的、挪动着的、在房间里四下走动着的，不管是在做些什么——就是自然和人性的”[②]，这种一切皆然的生命观念使她反对所谓的真理、道德和一系列复杂的知识论述等规训权力在个体身上运作，反对人为地粘贴上“正常的人”与“非正常的人”的标签，认为应该将人本身从传统主体性原则的束缚中解救出来，恢复自身本初的自然面目。因而，她非常注重关怀生命本身，重视个人的自身本性，对各种生命形式都充满了人文关怀意识，不断地将书写的笔触停凝在“形形色色怪异的非正常人”[③]身上，既细腻地描写他们内心深处隐埋的真实情感，展现他们自身复杂的本性欲求，又真实地反映他们孤独、恐惧与隔绝的生存境遇，演绎他们遭受权力束缚与禁锢时的悲凉与无助。这既凸显着她对生命意义的探寻和对生命价值的尊重，又昭示出她对“人与人类处

① [美]弗吉尼亚·斯潘塞·卡尔．孤独的猎手：卡森·麦卡勒斯传[M]．冯晓明译．上海：上海三联书店，2006:32.

② [美]卡森·麦卡勒斯．抵押出去的心[M]．文泽尔译．北京：人民文学出版社，2012:201.

③ Steeby, Elizabeth A. “Radical Intimacy Under Jim Crow ‘Fascism’: The Queer Visions of Angelo Herndon and Carson McCullers” [J]. *Mississippi Quarterly.* Vol. 67, Issue. 1(Winter 2014):127-150.

境的关系”[①] 这一命题的深切关怀。

其次，麦卡勒斯拥有矛盾的种族思想。对于美国南方的种族矛盾问题，麦卡勒斯“坚决反对南方文化对种族纯洁性的坚持和对非裔美国人的压迫”[②]，非常不满于南方对黑人尊严的野蛮侮辱，既非常同情黑人等有色人的处境，又为他们的奴役地位感到抱歉。尽管如此，她却不是一个彻底的黑人解放者，而是在精神世界中存在着矛盾的种族思想。

卡森·麦卡勒斯从小生活在一个中产阶级家庭中，其父拉马尔·史密斯原本是一名修表匠，后来经营着一家小小的珠宝店；其母玛格丽特·沃特斯赋闲在家，负责照顾孩子及生活起居。这个衣食无忧的中产家庭虽然没有雇佣全职仆人，但并不是由于经济的原因，而是因为“玛格丽特不想也不需要一个全职的佣人”[③]，她觉得只有一个帮助做些家务的钟点仆人就完全可以。这些钟点仆人或保姆的存在，给年幼的卡森留下了较好的印象，觉得她们是“那些精心养育我们的人，那么和蔼可亲的人”[④]。

在卡森“两岁到六岁这段时间有个保姆叫娜茜，她结了婚以

---

① [美] 弗吉尼亚·斯潘塞·卡尔 . 孤独的猎手 ：卡森·麦卡勒斯传 [M]. 冯晓明译 . 上海 : 上海三联书店 , 2006:305.

② Groba, Constante González. "‘So Far as I and My People Are Concerned the South Is Fascist Now and Always Has Been’: Carson McCullers and the Racial Problem” [J]. *Atlantis (Salamanca, Spain)* , Vol.37, No.2,2015:63-80.

③ [美] 弗吉尼亚·斯潘塞·卡尔 . 孤独的猎手 ：卡森·麦卡勒斯传 [M]. 冯晓明译 . 上海 : 上海三联书店 , 2006:33.

④ [美] 卡森·麦卡勒斯 . 启与魅 ：卡森·麦卡勒斯自传 [M]. 杨晓荣译 . 北京 : 人民文学出版社，2019:67.

后和她丈夫一起到一个农场去生活了”。[①] 娜茜保姆的离去对于年幼的卡森没有太大影响，但却使其母亲玛格丽特甚为伤心难过，非常地不舍与留恋。在娜茜离开之后，她们雇佣了克莉奥做新的保姆，但克莉奥这个既可爱又严厉的女人，却没有给卡森留下太深刻的印象。真正让卡森非常喜欢的是欢快可爱的露西尔，她既喜欢唱流行歌曲，又擅长安排小小的即兴野餐，而且“在几个保姆里是最和气的，年纪也很小，才十四岁就是做饭的一把好手”[②]。她对卡森姐弟非常好，每当她看到卡森与弟弟爬到后院树上的树屋里时，便会好心地把好吃的东西放在篮子里，再在篮子上系一根绳子，让他们吊到树上坐在树屋里享用。可惜，好景不长，在经济大萧条最为严重的时候，卡森一家家庭收入锐减甚至负债累累，鉴于这种经济状况，卡森母亲被迫辞退了露西尔。不过，她真心实意地写了一封对露西尔评价极高的推荐信，希望通过这种方式帮助她顺利快速地找到新工作。后来，当露西尔被新雇主诬告有违法行为时，她们一家又自愿出庭证明其清白无辜。这种友好与信任，使露西尔对卡森一家充满了感激与感恩，直到多年过去，依然会找机会过来看望卡森。范妮是露西尔的妹妹，本来在卡森邻居家当厨娘，但在卡森父亲过生日时，被卡森请过来帮忙给父亲惊喜。于是，范妮负责做烤鸡，露西尔负责做饼干和蛋糕。当卡森父亲在早晨六点要离家工作之时，她们端上了准备好的烤

① ［美］卡森·麦卡勒斯．启与魅：卡森·麦卡勒斯自传 [M]. 杨晓荣译．北京：人民文学出版社，2019:70.

② ［美］卡森·麦卡勒斯．启与魅：卡森·麦卡勒斯自传 [M]. 杨晓荣译．北京：人民文学出版社，2019:66.

鸡与生日蛋糕，使大吃一惊的卡森父亲甚为感动，只随即吃了一点，便切下两块给露西尔和范妮，然后才开始享用这餐美食。等卡森步入中年以后，尤其是在其生命的最后十年，陪伴她的是高大善良的伊达·雷德尔。她是卡森的仆人，更是“卡森的朋友、同伴和亲信，她对卡森的康复起着不可或缺的作用。”[①]她不但照顾其日常的生活起居，为其洗澡、穿衣，送她到洗手间，给她做可口的饭菜，为她把熟肉切碎，告诉她什么时候吃药、什么时候休息、什么时候客人该离开了，而且还承担着卡森居住的南百老汇131号房子的一切非私人工作，诸如擦拭木制品、熨烫窗帘、安排约会、计划食谱、购买日用品、在外面跑腿、带客人看公寓、收取租金等等事务，尽心尽力地为卡森做了她能够做的一切。面对她的辛苦努力与全力付出，卡森也给予了她最高的认可，不但对她非常友好与信赖，而且将她视为亲人一般，与她姐妹相称。

正是由于这些黑人女仆的温暖与贴心，才使她从内心里对黑人和其他少数族群产生了好感，满怀着亲切与友善之心对待他们，视他们为自己的“亲人”。因而，当她亲眼目睹黑人遭受白人的种种歧视与不平等对待时，才会格外地伤心气愤，难以接受。一天，当保姆露西尔打算搭乘出租车回家时，不料却被司机拒绝拉载，这位司机不但拒绝拉乘露西尔，而且在嘴里还大声叫着“我不拉该死的黑鬼”[②]。这种司机拒载的不公平与丑恶事件，不但使露

① [美]弗吉尼亚·斯潘塞·卡尔.孤独的猎手：卡森·麦卡勒斯传[M].冯晓明译.上海：上海三联书店，2006:515.

② [美]卡森·麦卡勒斯.启与魅：卡森·麦卡勒斯自传[M].杨晓荣译.北京：人民文学出版社，2019:66.

西尔感到非常尴尬，也让卡森和弟弟甚为伤心气愤，使她感觉内心简直要气炸了，于是不停地对着那个出租车司机尖叫坏蛋。小小年纪的她，既不明白黑人为什么会因为肤色而饱受屈辱，也不理解为什么社会上存在着种族不平等的社会法则，尽管她不停地问父亲为什么黑人和白人不一样，为什么很多地方仅限白人进出和居住，为什么有色人住在狭小黑暗的屋子里等等，但她从来没有得到过想要的答案，因为父亲也不知道该怎么向她解释。虽然一直没有弄明白这些问题的原委，但她还是尽量避免对黑人等有色人种进行任何贬低。当她被母亲派到黑人开的杂货店去买做圣诞水果蛋糕用的坚果时，她不懂母亲所谓的黑人指头是什么，也不好意思直接询问黑人店主这个侮辱性的字眼是什么，只能吞吞吐吐地不明所以。这件小事的确显示了她懂得尊重人的礼貌与教养，但"即使是个孩子，她也本能地知道黑人们被当做二等公民对待"[①]，因为，她从小"受到的教育就是把东方人或有色人种看成下等人"[②]。这样的种族等级差异观念，不仅使她本能地感觉到黑白种族之别，也使其深深地体会到美国白人与犹太人之间的异样。

麦卡勒斯进行文学创作的主要阶段是20世纪40年代，当时正是法西斯、纳粹主义和反犹主义文学盛行的时期，这种尘嚣日上的不良风气并没有使她产生明确的反犹倾向，相反，她还与阿尔弗雷德·卡津、内森·阿什等犹太人成为了朋友，并一直保持着

① [美]弗吉尼亚·斯潘塞·卡尔．孤独的猎手：卡森·麦卡勒斯传[M].冯晓明译．上海：上海三联书店，2006:32.

② Kim, Elaine H.，*Asian American Literature:An Introduction to the Wrtings and Their Social Contest*[M]. Philadelphia: Temple University Press, 1982:49.

很好的私人关系。因而，她非常痛恨这种种族歧视和虐待的不良现象，强烈谴责“容许这样的堕落发生的社会”[①]，并对犹太人的不幸遭遇充满了同情。尽管如此，她却没有将生活在南方的犹太人视为南方“白人”。在她看来，南方“白人”不仅是白色人种，还是具有政治、经济、文化优越感并占据统治地位的群体。犹太人虽是白色人种，但却不具有成为南方“白人”的其他标准，只能是和黑人一样的种族上的“他者”。

可见，作为土生土长的美国南方人，普遍而强烈的种族主义思想已经深入到她的内心深处，成为她无意识的一部分，使她本能地滋生出一定的种族优越感，很难发自内心地做到真正平等看待黑人和犹太人群。虽然从私人感情的角度，她并不排斥黑人和犹太人等少数族群，既不与他们敌对，也同情他们的遭遇，甚至还与他们中的一些人产生了深厚的友谊，但从理性现实的角度，她也深知他们是与美国白人不一样的族群，不论是身体发肤的外观差异，还是宗教信仰的内里分别，都是一些或大或小的区分，这些区分在构筑起类似“东—西”方这样大的区分的同时，也处处昭示出种族间的明显差异。正是这些无法消弭的明显差异，成为人们难以跨越的疆界与裂痕，既让同居屋檐下的人们有了“他们”与“我们”的分类，又让人们只能消极地回缩在自己民族或文化的螺壳之内，固守在自己的民族意识边界之内，对“他们”进行单向凝视。正因如此，她才怀抱着一颗在查塔呼齐峡谷集会上观看畸形秀表演时的心，自觉不自觉地视非我族类、其心必异

① [美]弗吉尼亚·斯潘塞·卡尔．孤独的猎手：卡森·麦卡勒斯传[M]．冯晓明译．上海：上海三联书店，2006:243.

的东方人种和东方文化为异己他者，在对他们进行远距离观照的同时，尽情地渲染与展现他们异质和新奇的元素，籍此构建着能够满足观者猎奇心理的文化靶标。

第三节　现实突发情况的影响

每个人都是时代的过渡品，既受时代的局限，也印证着时代的状态。20 世纪上半叶美国社会的风云变幻与世界局势转变，都深深地影响着麦卡勒斯的成长轨迹与思想流变。她诞生于第一次世界大战期间，青少年时期遭遇了经济大萧条，开始创作时又正值第二次世界大战爆发，除了这些世界性的“大事变”，还有美国自身的“家务事”，南方的种族矛盾问题、经济转型问题、民权运动问题等等。这些翻涌的国内外时代巨浪，尤其是其时正在进行的二战，以浓厚的舆论氛围影响着她的思想沸点与创作旨趣。

首先，第二次世界大战阴霾笼罩的影响。麦卡勒斯于 1917 年出生时，第一次世界大战已接近尾声，但当第二次世界大战的阴霾又开始笼罩在欧洲上空时，邻近中学毕业阶段的她也时刻感受到了战争一触即发的紧张状态。由于她比同龄人高出一头，穿着打扮也比较随性怪异，因而被同龄人视为怪人、不合群，既没有女生愿意和她交往，也没有男生喜欢她这样的类型，所以，她在校期间比较封闭、孤僻，与同学之间的关系较为疏远。但在学校外面，当她与钢琴教师塔克夫人外出听音乐会的途中，结识了一同搭车前往的退役军人艾德温·皮考克，后者年龄虽然比她大一些，但对音乐的共同爱好使他们成了无所不谈的知心好友。艾德温·皮考克不但同她畅谈音乐，而且还非常支持和鼓励她去追求文学梦想，并把有相同志趣的军人朋友利夫斯·麦卡勒斯介绍给她，而后者成为她两次婚姻的同一个丈夫。

由于当时正处于二战前夕，卡森与皮考克和利夫斯聚在一起就“整个晚上都在谈论，谈论——西班牙的内战，国家和新共和国”[①]等，大多是围绕战争和军事展开的话题。两位男士由于职业和身份原因，对战争、军事等这类话题比较感兴趣，而麦卡勒斯也并不觉得这类时局话题太过无聊，反而非常热衷于此，不断积极发表自己的言论与看法。当她与利夫斯结婚之后，不光他们夫妇对欧洲战事和世界局势非常关心，她们“全家都是世界事务的积极追踪者，自由地表达自己的想法。拉马尔·史密斯害怕美国卷入战争；卡森和利夫斯则害怕它不参战。玛格丽特担心她的年轻孩子们的生命，尽管她也同情所有国家的受压迫者的苦难”。[②]尽管远离欧洲战场，但战争的情绪却已传染给了远在南方腹地的美国人，使他们时时刻刻紧张地关注着战争的进展。虽然由于身份、角色和年龄不同，考虑问题的角度和初衷不一样，导致他们一家人主张参不参战的观点不一致，但这样的战争问题始终是她们家庭聚会的核心话题。

利夫斯是在和平时期进行服役的，所在的本宁堡民用维护部也没什么重大任务要执行，因而，他在军队中的生活除了一些日

① [美]弗吉尼亚·斯潘塞·卡尔.孤独的猎手：卡森·麦卡勒斯传[M].冯晓明译.上海：上海三联书店，2006:67.

② [美]弗吉尼亚·斯潘塞·卡尔.孤独的猎手：卡森·麦卡勒斯传[M].冯晓明译.上海：上海三联书店，2006:93.

常训练，就几乎是无事可做的松散状态。但利夫斯既有强壮的体魄和高度的道德标准，也能够在意外情况下做出迅速决定，而且他从心理上喜欢危险的行动，喜欢处于竞技的状态，完全具备一个“好士兵”的所有品质，奈何和平时期的军营无法给他提供施展拳脚的平台，导致他对于和平时期的军营生活非常不满，既觉得千篇一律的军营生活非常单调，“有时对部队的条条框框和官僚作风感到厌倦”[①]，认为和平时期的军队患上了严重的和平病——贪图安逸、追求享乐、思想懈怠与官僚作风，刀枪入库、马放南山的后果就是使军人失去了刚性、血性。就像卡森在《金色眼睛的映像》中所描述的那样，和平时期的哨所里，军官的日常生活无外乎派对、骑马、吃饭与娱乐，士兵则喝酒、打架甚至夜不归宿，纪律十分松散，而军纪的松散带来的直接影响就是军人斗志瓦解，精气神丧失，缺乏军人气质，就像二等兵威廉姆斯那样给上级举手敬礼时是松松垮垮地，逐渐变得像平民一样随意与懒散。对此非常“水土不服”的利夫斯，既对美国军队的现状非常不满，也对美国面对欧洲不断加深的危机所采取的“感谢上帝，没有发生在我们这里”的无动于衷的态度甚为失望，他觉得装模作样地把自己套在军装里是件让人难以容忍的事。因而，他特别害怕美国不参战，希望通过战争恢复起军队该有的样貌，也恢复起他本人的自信与斗志。

“受利夫斯的影响，以及她自己对国际事务的兴趣，卡森开始

① [美]弗吉尼亚·斯潘塞·卡尔．孤独的猎手：卡森·麦卡勒斯传[M]．冯晓明译．上海：上海三联书店，2006:57.

越来越关注大批为了逃避法西斯而从欧洲涌入纽约的难民，”[①]开始逐一拜访他们，通过交谈了解他们惨烈的战争体验和最新的战争消息。这些新交的流亡朋友与最新的时政消息，使她开始强烈抗议和抨击法西斯主义与纳粹主义，特别希望美国能够挺身而出主持正义，利用强大的实力做国际正义或世界秩序的伸张者与维护者。但美国不希望直接卷入德国的犹太难民问题中去，没有主动地承担起拯救犹太人的责任。对于美国的这种态度，“在沙都的几乎每一个人都对这个国家的不参战反应激烈，对总的政治形势有浓厚的兴趣。”[②]卡森也是如此，她为美国对待难民这种置之不理的态度非常愤怒，认为她的国家太软弱，对世界及其他地区的人民缺乏同情心，但她又无力改变现实，只能在小说中表达她“对社会不公正以及法西斯主义和纳粹强权的军事侵略所感到的愤怒”[③]。这种正义感与使命感，使她特别希望美国能够像警察那样维持正义的规则和秩序，去收拾或帮助世界解决现时普遍混乱的状况，完全没有跳脱出美国人“负有特殊使命”的感觉体系。

其次，美国参与第二次世界大战的战争影响。当美国最终打算参与第二次世界大战时，已离婚的前夫利夫斯·麦卡勒斯再次从军，成为突击队的一员，重新找回了作为军人的自信、尊严和成就；已经成人的弟弟加入到充当蛙人的部队，被派往太平洋战争

① [美]弗吉尼亚·斯潘塞·卡尔. 孤独的猎手：卡森·麦卡勒斯传[M]. 冯晓明译. 上海：上海三联书店，2006:107.

② [美]弗吉尼亚·斯潘塞·卡尔. 孤独的猎手：卡森·麦卡勒斯传[M]. 冯晓明译. 上海：上海三联书店，2006:173.

③ [美]弗吉尼亚·斯潘塞·卡尔. 孤独的猎手：卡森·麦卡勒斯传[M]. 冯晓明译. 上海：上海三联书店，2006:93.

前线去进行水底爆破，他们的任务包括在日本水域拆除水雷；其他男性好友也都接二连三地奔赴到战争前线。面临这种壮士一去难复还的残酷战争，卡森在接到利夫斯的道歉信后选择了原谅对方，与他达成了精神与情感的和解，不但探望了他和他的士兵，参观他的帐篷，会见和慰问他的突击队员，而且还一直阅读卡尔·范·克劳塞维茨的《战争论》新译本，从这本公认的所有军官和其他关心战争行为的人士的基本读物中获得了很大的收益。除此之外，她还不断地阅读其他能够找到的有关战术的书，希望通过这种间接的方式与亲属分享战争的经历。这种高度紧张的战时状态，虽然深深地激励着满怀英雄情结的她，使她特别想为战争中的国家和人民做点什么，希望被征召入伍或者做一个驻外记者，以此来为国家服务和尽一份力。但也使她对亲人朋友生死未卜的未来充满了担忧，每天都在深感不安中急切地收听当天的战事，不但关心所有她认识的人，而且"在 1942—1943 年秋冬写给朋友的每一封信中，都充满了对那些战斗在斯大林格勒、非洲和太平洋战区的士兵的关心和同情"。①

卡森的参战激情在此时期创作的《婚礼的成员》中得到了淋漓尽致的表现。开始关注外部世界的弗兰淇，虽然只能通过收音机陆陆续续地收听到些许有关战争的信息，但她却感觉军队和战争就像近在眼前一样，"她看到一个快冻僵的俄国大兵带着一杆冷硬的枪，面目黝黑，立在俄国的冰天雪地中。丛林覆盖的岛屿上，一个吊眼梢的日本鬼子在青绿的藤蔓间滑行。欧洲，被吊在树上

① [美]弗吉尼亚·斯潘塞·卡尔．孤独的猎手：卡森·麦卡勒斯传 [M]. 冯晓明译．上海：上海三联书店，2006:223.

的人们，蓝色洋面上逡巡的战舰”。[①]这些关于战争和世界的图景不停地在其脑中盘旋，以至于“她想当男孩，做一个海军陆战队员投身战争……她决定给红十字会献血，一星期一夸脱。那么她的血将流淌于澳大利亚人，以及战斗中的法国人、中国人的血管中，遍布整个世界，由此她就会觉得自己像是所有这些人的至亲。她能听到军医说，弗兰淇的血最红、最强健，他们闻所未闻。”[②]这就是年仅十二岁的女孩弗兰淇的英雄侠客梦。她满怀着参战的激情与对战争不幸受害者的焦虑，希望能在战争展现自己的勇敢、大胆与正义，但她最大的困扰是世界将她抛在一边，战争拒绝她的参与，哥哥的蜜月之行也拒绝她的加入，这让她心神不定、情绪失落，觉得自己就像在查尔斯大叔的农舍见过的一头村骡一样，只能在“原地转了一圈又一圈”[③]。不过，卡森没有弗兰淇这般困扰，她虽然没有亲身前往亲历战争，但却可以以笔为枪，以写作的方式积极地加入其中。1943 年 4 月，她以“一个战争妻子”的名义写出了《爱不受时间愚弄》，并以最快的速度在《女士》杂志上发表。在这封用感情深切但不带丝毫多愁善感的完美语气写就的公开信中，她向所有即将投入战斗的士兵发出信息——战争是夫妻为爱而战斗，作为妻子的美国妇女们，应给离开她们的男人们送去爱的誓言、安慰和承诺，以此让他们充满希望和力量，并满怀着爱意与勇气去奔赴全世界的各个战场。

美国参加第二次世界大战前的四个月，曾经向世界宣布，“只

① [美]卡森·麦卡勒斯．婚礼的成员[M]．周玉军译．上海：上海三联书店，2006:23.
② [美]卡森·麦卡勒斯．婚礼的成员[M]．周玉军译．上海：上海三联书店，2006:24.
③ [美]卡森·麦卡勒斯．婚礼的成员[M]．周玉军译．上海：上海三联书店，2006:51.

有该冲突的目标是永远结束侵略战争，建立一个结束帝国主义和征服的国际体系，它才会参与世界大战作战，并且尽可能地确保世界所有国家的经济和政治自由”[①]，明确打出了正义的旗号。不过，尽管打着正义与道义的旗帜，但美国扩张或拓展的本性使其也试图建立符合自己利益的世界秩序，或者要为世界秩序而出谋划策。因而，利夫斯作为一名参加过惨烈战争而出生入死地为国家做出贡献的军人，尽管在执行任务时对战后的打算很模糊，但也希望在战争结束后，能够享受到一定战果，最起码能够找到一份比较体面的工作。当他受伤回国并退役后，他“愿意进入被占领国的联合军事政府……确信海外工作需要许多新的人员……有很大的可能在未来的五个月里被派遣到太平洋战区。”[②]而且，“美国政府宣布，他们不久将会接管欧洲和非洲大部分国家的行政事务。”[③]因而，利夫斯非常乐观，坚信海外总有什么地方需要他，既可能是联合军事政府，也可能是联合国救济署，他既可以去欧洲，也可以去亚洲。麦卡勒斯虽然未对利夫斯的海外就业打算明确表态，但能陪同他一起去拜见负责此事的陆军上校，就表明她应该是支持或赞同他的想法的。在他们看来，无论是太平洋战区的广袤亚洲，还是远离美国的黑暗大陆非洲，对美国人而言都有着巨大、复杂和难懂的全局，不但人口泛滥、人种众多，而且是贫困、

① 为什么美国要当世界警察而不是中国或俄罗斯？外国网友这样回答 https://www.sohu.com/a/355761720_100040066

② [美]弗吉尼亚·斯潘塞·卡尔．孤独的猎手：卡森·麦卡勒斯传[M]. 冯晓明译．上海：上海三联书店，2006:261.

③ [美]弗吉尼亚·斯潘塞·卡尔．孤独的猎手：卡森·麦卡勒斯传[M]. 冯晓明译．上海：上海三联书店，2006:268.

苦恼、疾病、饥饿和无知的渊薮，充满了问题、危险甚至是威胁。鉴于这种混乱杂多的现实状况，它们迫切需要美国施以援手，对其进行干涉，战争时期如此，战后重建也是如此。

虽然由于学历和专业所限，利夫斯最终未能如愿以偿，没有获得被派驻到海外从事工作的资格，但他的这种预期却鲜明地体现出一种强者思想，就像威尔逊所提倡的美国精神那样，“美国是唯一有资格担任领袖角色的国家，它在政治、经济、文化等方面都大大优越于其他国家和民族，应该成为世界领袖”①。在他们看来，海外充满了挑战和机会，也充满了奇遇和神迹，更期待着现代化的管理，而美国人既有资格对海外空间进行管理和规划，也有能力胜任这种管理与规划。因而，“整个二战期间，《纽约时报》自始至终都在大力提倡美国应该在战后担起全球责任这一理念。”②第二次世界大战结束之后，美国在对外关系上便开始以一个超级大国的姿态涉足于国外事务，甚至不惜将自身的政治需要凌驾于正义与自由的原则之上，在政治、经济、文化等各个方面维护和拓展着美国的国家利益。最为典型的例证即是后来被称为“杜鲁门主义”的国情咨文，由时任总统的杜鲁门在1947年3月国会两院联席会议上宣读，随后就通过了关于援助希腊、土耳其的法案，帮助他们镇压人民革命运动，被认为是美苏之间“冷战”正式开始的重要标志。就这样，在第二次世界大战邻近结束的同时，美

① 蒋天平. 20世纪美国文学中的帝国医学想象 [M]. 北京：中国社会科学出版社，2019:140.

② 《纽约时报》. 叛逆的帝国 [M]. 奥弗里，主编. 钱垂军，王晶晶，向娜译. 北京：新世界出版社，2016:5.

国“被推上”了全球领导者的地位，开启了帝国主义历程中的中期阶段，不但成为了无边界的海上帝国，还建立了以其为主的国际体系框架，完全确保了其在太平洋和大西洋上的霸权地位。可见，“由于宏伟的扩建计划，第一次世界大战进一步增强了美国的海上力量，而第二次世界大战则让美国称霸美洲地中海地区并控制大西洋海岸近海岛屿的计划最终得以完成。”[①] 只是，在当时很多美国人的思想中，美国并不是一个典型的帝国主义国家，而是一个全世界错误的纠正者，这种想当然的想法使他们既无视美国几乎用军事干涉过每块大陆的帝国行为，又盲信美国所宣扬的利他的、致力像自由和民主这样的无可指摘目的的外交政策。

身处这种帝国扩张政治语境中的麦卡勒斯，虽然深具人道主义精神，“在国内问题上经常持进步态度，充满使人钦佩的感情，但一旦涉及了以他们的名义在海外采取的行动时”[②]，却也无意识地流露出帝国心态，并不妨碍帝国的加速进程。作为“一个坚定的民主党人”[③] 的麦卡勒斯不但在 1948 年 10 月，“参加了诺贝尔奖得主辛克莱尔·刘易斯发起的、由二十七位重要的美国作家组成的团体，支持总统哈利·杜鲁门竞选连任”[④]，而且于同年给杜鲁门总统发过一份贺电，“赞扬他通过政府管制来对抗通货膨胀的勇气，表

① [美] 尼古拉斯·斯皮克曼 . 世界政治中的美国战略——美国与权力平衡 [M]. 王珊，郭鑫雨译 . 上海 : 上海人民出版社 , 2018:84.

② [美] 爱德华·W. 萨义德 . 文化与帝国主义 [M]. 李琨译 . 北京 : 生活·读书·新知三联书店 , 2003:19.

③ [美] 弗吉尼亚·斯潘塞·卡尔 . 孤独的猎手 : 卡森·麦卡勒斯传 [M]. 冯晓明译 . 上海 : 上海三联书店 , 2006:488.

④ [美] 弗吉尼亚·斯潘塞·卡尔 . 孤独的猎手 : 卡森·麦卡勒斯传 [M]. 冯晓明译 . 上海 : 上海三联书店 , 2006:315.

达了她对总统的感激和仰慕”。[①] 在这些取得卓越成就的作家看来，“哈利·杜鲁门赞同公民权利的立场、他对援助欧洲的一贯主张、他对国内外独裁主义的有效抵御……这些服务于民主的做法使得他有权获得每一个自由主义者的支持”[②],既然杜鲁门总统在国内外推行的政策是“良政”，就应该得到有良知公民的大力支持，因为“美国不仅仅要为世界的复兴而斗争，而且要把人类从绝对专制主义的狂暴统治下解救出来。在国际角斗场上，美国人不但是核大国、军事巨人，而且是道德警察”[③]，正是这种强大的国内共识力量支配着人去赞同社会向海外进行扩张的行径。可见，第二次世界大战不但奠定了以美国为首的全球秩序，而且使很多像麦卡勒斯这样的美国本土作家，自觉不自觉地以软实力的方式帮助美国完成了全球领导者、庇护者的身份构建。他们既借助文学的想象力，将遥远的东方作为快意书写的创作对象，又通过帝国叙事展示出美国作为世界公民的种族宽容与宽大心胸，既通过形形色色的再现技巧描绘和塑造着美国在海外的巨大触角，又经由东方主义的叙事策略播撒着美国作为世界拯救者的意识与民族优越意识，在时刻保持清醒的地缘政治意识的同时，积极为美国的帝国事业和东方主义做出贡献。

---

① [美]弗吉尼亚·斯潘塞·卡尔．孤独的猎手：卡森·麦卡勒斯传[M].冯晓明译．上海：上海三联书店,2006:488.

② [美]弗吉尼亚·斯潘塞·卡尔．孤独的猎手：卡森·麦卡勒斯传[M].冯晓明译．上海：上海三联书店,2006:316.

③ 董小川．20世纪美国宗教与政治[M].北京：人民出版社,2002:216.

第四章　卡森·麦卡勒斯的东方主义叙事策略

翻开麦卡勒斯的文学地图，迎面而来的便是美国南方的浓浓气息，无论是封闭、沉闷、落后的无名小镇，还是孤独、怪异和隔绝的南方普通民众，以及怪诞震撼的“南方哥特”美学风格，都由表及里地展示着从孩提时代起就浸透到作者每一个毛孔里的“南方的点点滴滴。”[①]然而，麦卡勒斯在进行这种显著的地域性写作的同时，也对跨国的异域空间抱有热情的想象，始终以清醒的地缘政治和时政意识，书写着美国历史进程中的南方，以及南方与东方、世界的关系。当她在进行与东方相关的写作时，她运用主次人物角色的设置、单向再现的策略与架空细节的想象等叙事策略，明确建立起以美国白人角色为中心的叙事模式，并把东方的黑人、菲律宾人和犹太人等少数族裔形象设定为附属的点缀，使得上述两方处在完全不对等的等级关系之中。这种等级关系使美国人在与东方人可能发生关系的整体系列中“永远不会失去相对优势地位”[②]，美国人既把持着对东方进行单向再现的话语特权，又保持着对他们所代表的新奇异域空间的猎奇心态，由里及外地渗透出西优东劣的文化优越性。

---

① [美]弗吉尼亚·斯潘塞·卡尔．孤独的猎手：卡森·麦卡勒斯传[M]. 冯晓明译．上海：上海三联书店，2006:420.

② [美]爱德华·W. 萨义德．东方学[M]. 王宇根译．北京：生活·读书·新知三联书店，2013:10.

第一节 主次人物角色的设置

小说作为一种文学体裁，它以刻画人物为中心，通过完整的故事情节和具体的环境描写来反映社会生活，其三要素之一即为人物形象。所谓人物，“指的是叙述者讲述给我们的具有指定特征的人格化形象，其独特的特征产生人物效果”[①]，经常被作家用来展示特定的文化情景。人物作为小说的核心要素，经常是作家最先思考与规划的对象，但由于出场人数较多，往往被作家按照关键度分为主要人物和次要人物两类。主要人物也就是通常所说的主角，因为要承担着表达作家创作主旨的重要任务，因而多是作家浓墨重彩描写的焦点，他们既拥有复杂多变的内心情感与思想，又能展现生活的复杂性与多样性；次要人物也就是我们所说的配角，由于作者着墨不多，导致他们一般不像主要人物那样立体和丰满，性格、思想和行为都比较单一，因而经常被读者所忽视，不能得到足够的关注和重视。可见，主次人物虽然都是作家精心设计出来的，但在一般情况下，读者往往最为在乎和关注主要人物，使主要人物的重要性远远大于次要人物。

麦卡勒斯在对小说中的人物角色进行主次地位设置时，既是出于写作主旨的需要，也是因由内心的熟悉程度。因为很多作家发现，“描写童年时代所不知道的新环境，是一件困难的事情。”[②]

---

① [荷兰]米克·巴尔. 叙述学：叙事理论导论[M]. 谭君强译. 北京：北京师范大学出版社，2015:106.

② [美]卡森·麦卡勒斯. 抵押出去的心[M]. 文泽尔译. 北京：人民文学出版社，2012:204.

麦卡勒斯也是如此。对她来说，“来自童年时代的声音音调很真实。还有那些树叶——童年的树丛——回忆起来更为清晰。”[①] 因而，当她描写不是南方的某个地方时，她会犹豫这里的鲜花什么时候绽放，也不确定这里会有哪些种类的花，这种因为不熟悉而产生的陌生感，使她无法将其变为真切的现实，于是在小说中，她采取了“除非角色是南方人，否则我几乎不让他们开口说话”[②] 的策略，将甚为熟悉的美国南方白人设为着意刻画的主要人物，而将不太熟悉的黑人、犹太人或菲律宾人等少数族裔角色设定为着墨不多的次要人物，只有像短篇小说《外国人》等极少数作品例外。

首先，完全以美国南方白人为主要人物的小说。由于麦卡勒斯“所写的故事中的关键人物与她生活中的人甚至在某种程度上与她本人都有相似之处”[③]，因而，她在进行小说创作时，将很多小说中的主要人物都设定为美国南方白人，借助这些她所熟悉的人物探讨她所关注的主题。在这方面，最典型的代表是《神童》《金色眼睛的映像》《婚礼的成员》与《伤心咖啡馆之歌》。

《神童》作为麦卡勒斯早期的一个短篇小说，发表于 1936 年 12 月。其主人公弗朗西丝是一个学习钢琴的白人少女，正处于青春期和成熟期的过渡阶段，当她发现自己没有了学琴初期的热情、敏感与技巧后，开始意识到自己不再是一个神童，甚至感觉在音

① [美] 卡森·麦卡勒斯 . 抵押出去的心 [M]. 文泽尔译 . 北京 : 人民文学出版社 , 2012:204-205.

② [美] 卡森·麦卡勒斯 . 抵押出去的心 [M]. 文泽尔译 . 北京 : 人民文学出版社 , 2012:205.

③ Carr, Virginia Spencer, *Understanding Carson McCullers*[M], Columbia: University of South Carolina Press,1991:55.

乐上很无能为力，没有任何前途，于是她选择了主动放弃钢琴生涯。当作家写这个故事时，她真实的钢琴老师因为丈夫调离别处而被迫中断了教授她钢琴的工作，这件事使她深深地感受到了被抛弃的伤害，而丝毫没有意识到老师因为不得不把她留在哥伦布，也产生了一种被抛弃和失落的感觉。直到这部小说出版大约二十五年之后，她才对别人说该作是一个回忆，不过不是对现实的真实回忆，而是根据回忆写成的想象性作品，虽然里面提及的乐曲是她自己学习过的，但里面的钢琴教师却不是她真实的老师，她当时写作此小说的目的只是为了证明自己因为被解雇而感到的生活悲惨。

《金色眼睛的映像》原名《营房》，是麦卡勒斯的第二部中长篇小说，出版于 1940 年。该小说以 20 世纪 30 年代驻扎在美国南方的一支军队为背景，讲述了一件发生在和平时期哨所里的谋杀案。在这出悲剧中，作为主要人物的两名军官、一位士兵与两个女人都是怪异无比的美国南方白人，叙述者虽然抱着客观的态度对他们进行了长焦距呈现，但他们的内心情感与外在行为依然成为了作品的中心。具有同性恋倾向的上尉潘德腾与妻子利奥诺拉貌合神离，但却爱上了妻子的情人——另一位军官兰顿少校，后来又将这种爱恋情感转移到年轻体壮的二等兵威廉姆斯身上，努力地制造机会与其“偶遇”。兰顿夫人在得知丈夫与他人有染的消息后，精神和身体两方面都日渐处于崩溃的边缘，但却被移情别恋的丈夫完全忽视。她企图自杀，却意外剪掉了自己的一个乳头，向丈夫提出离婚，结果被误认为发“疯”而被强行送入疗养院，于第二天因心脏病发作离世。原本有厌女症的威廉姆斯则因一个偶然机会，无意中瞥到了上尉妻子美丽无比的裸体，从此便开始了深夜潜入上尉家进行偷窥的行为，直到被上尉撞见开枪打死。麦卡勒斯自称写这本书是为了好玩，就像吃糖果一样，是“听从自己心灵的召唤写了这篇小说。尽管她用打字机敲出这篇小说时是 21 岁，但这个故事在她少年时代第一次踏上本宁堡这片陌生的土地时就开始在头脑中酝酿了。她不可能不把这个故事写出来，就像她不可能阻止地球运转一样”。[①] 可见，她写这部小说时根本没考虑它能不能出版，只是觉得小说中的每件事都完成得既轻松又快速，既能够把她从法耶特维尔贫困和不快乐的生活中解脱出来，又能够表达她对这个怪诞世界的真实看法。因而，她在这部小说中塑造了很多畸形与怪异的主要人物，借助他们无法与其他人建立有意义联系的疏离与隔绝感，讲述自己“最确定和最悲观的故事”[②]。

《婚礼的成员》是麦卡勒斯最为成熟和精炼的作品，发表于 1946 年。它以二战期间的美国南方的一个无名小镇为背景，围绕着“婚礼”这个中心事件展开主要情节。作为主要人物的弗兰淇是一个十二岁的白人女孩，跟鳏居的父亲一起生活。由于长得过高过快，她再也不能像儿时那样与父亲亲密，而周边又没有要好的同伴，只能像个孤魂野鬼似的游荡，每天不是在小镇上乱转，就是与小表弟约翰·亨利和黑人厨娘贝丽尼斯待在厨房里，过着一

---

① [美] 弗吉尼亚·斯潘塞·卡尔 . 孤独的猎手 : 卡森·麦卡勒斯传 [M]. 冯晓明译 . 上海 : 上海三联书店 , 2006:99.

② Carr, Virginia Spencer. *Understanding Carson McCullers*[M]. Columbia: University of South Carolina Press,1991:38.

天天重复而雷同的日子。因此，在得知哥哥即将在冬山举行婚礼的消息后，她感觉终于找到了梦寐以求的归属——“我的我们”[①]，于是，怀着急切又幸福的心情在出发参加婚礼前一天向小镇告别，结果发现婚礼像她能力之外的一场梦，根本没有她的位置，此后虽然负气离家出走，但随着计划的失败只能怀着受困的心在厨房的微观世界里度过“疯狂”的三伏天。小说中的“婚礼”虽然是核心事件，但小说对于“婚礼”本身却寥寥几笔一带而过，非常大的篇幅被用来表现弗兰淇对婚礼的期待及婚礼后的挫败感与失望情绪。她“被夹在权威的秩序禁令与个人极度的幻想渴望中间，成年人们要求她的行事符合常识和理性，而她则迫切梦想着融入到更大的世界中去”[②]，既幻想着能够化身男性到战场上奋力杀敌，又渴望向红十字会献血一表英勇血统。虽然年轻的她无法表达清晰的政治立场，但她在日常家庭讨论中的许多激进政治计划，却“允许世界政治在闪电战中侵入厨房”[③]，缩短了小镇与全球事件之间的距离，既让读者看到了美国南方的种族与性别压抑结构，又将读者带入到二战的紧张局势之中。可见，借助弗兰淇成长过程中的这段“疯狂”经历，作者既让读者看到了她为摆脱疏离现状所做的种种努力，又让我们明白了权威秩序的强大与不可撼动。

《伤心咖啡馆之歌》是麦卡勒斯的一部中篇小说。该小说采用第三人称全知全能的回忆叙事模式，讲述了一个死气沉沉的南方

---

① [美]卡森·麦卡勒斯.婚礼的成员[M].周玉军译.上海:上海三联书店,2006:43.

② Carr, Virginia Spencer. *Understanding Carson McCullers*[M]. Columbia: University of South Carolina Press,1991:76.

③ Avery, Tamlyn. “The Métis and the Multiple ‘Me’ in Carson McCullers's The Member of the Wedding” [J]. *The Mississippi Quarterly,* Vol, 72. No, 1. 2019: 69-93.

小镇上两男一女之间三角畸恋的故事。个性和外表都颇为男性化的爱密利亚小姐，是小镇上最为富有的女人，但却性格孤僻。她曾经与镇上的恶棍青年马文·马西有过短暂的婚姻，但却与之水火不容，在婚后十天就将其赶出了家门。后来她收留了自称是其表哥的驼背罗锅——李蒙，并为了取悦于他，而将杂货商店改为咖啡馆，使小镇居民有了聚会娱乐的公共场所。六年之后，当马文·马西出狱归来，李蒙被其吸引，想尽千方百计讨好于他，并在他与爱密利亚决斗的关键时刻出手相助，导致后者彻底失败。面对李蒙的这种情感背叛，伤心不已的爱密利亚小姐虽然肝肠寸断，但却无法割舍情愫，依然企盼他能够回心转意再次来到自己身边，直到最后彻底幻灭，才心如死灰地将自己封死在破旧丑陋的房子之中。写作这部小说时，作家正经历着情感背叛与爱而不得的双重伤感。刚与丈夫利夫斯离婚的她，在偶然的情况下，得知他居然与自己爱着的大卫·戴蒙德居住在一起，因而感觉到了戴蒙德对自己的情感背叛；居住在萨拉托加泉的沙都时，她疯狂地爱上了漂亮的南方女作家凯瑟琳·安·波特，但热切的追求却遭到了波特的严词拒绝与不屑蔑视。正是由于遭受着这样的情感困境，她才将正在写作的《新娘》手稿搁置一边，着手“专心写作这个关于一个驼背和一个强壮女人的故事”[①],并不自觉地把自己的情感卷入进去，借助叙述者之口，表达她作为一个爱者的理由：“虽然这次恋爱表面上的情况是又可悲又可笑的，你必须记住，真正的故事发生在恋爱者本人的灵魂里。因此，对于这一次或是别的所有的

① [美]弗吉尼亚·斯潘塞·卡尔.孤独的猎手：卡森·麦卡勒斯传[M].冯晓明译.上海：上海三联书店，2006:167.

恋爱，除上帝之外，还有谁能当最高的审判者呢？”[①] 在她看来，既然很少有人能够做到不困于心、不乱于情，因而，也就没有什么资格去评判他人感情的是与非。

可见，她的很多小说都源于真实的生活，有的是她对个人经历的回顾，有的是她对自己长久关注问题的突然顿悟，但不管是哪一种情况，她都对真实事件做拉伸、拓展和改变等方面的处理，使这些真实的生活基本上都以改头换面的形式出现在她的作品里，在为其想象力提供创作源泉的同时，完成其个人经验与想象之间的对话。

其次，美国南方白人与其他少数族裔同为主要人物的小说。与完全以美国南方白人为主要人物的小说相比，这类小说相对较少，主要代表是《心是孤独的猎手》和《没有指针的钟》。

《心是孤独的猎手》原名为《哑巴》，发表于 1940 年，是麦卡勒斯的第一部长篇小说，由于它“反映了作者在 1930 年代的生活环境，是她最具自传性的故事。”[②] 该小说以“哑巴辛格为中心，分别围绕美国南方小镇的咖啡馆老板比夫·布瑞农、十三岁少女米克·凯利、白人工运分子杰克·布朗特以及黑人医生马迪·考普兰德四个主要人物来展开情节。”[③] 哑巴辛格虽然是全书的中心人物，但其他四人对于小说的情节和主题发展来说更为重要。米克，这

---

① [美] 卡森·麦卡勒斯 . 伤心咖啡馆之歌——麦卡勒斯中短篇小说集 [M]. 李文俊译 . 上海 : 上海三联书店 , 2007:33.

② Carr, Virginia Spencer. *Understanding Carson McCullers*[M]. Columbia: University of South Carolina Press,1991:3.

③ 田颖 . 论《心是孤独的猎手》中的反讽艺术——驳“反犹太主义”误读 [J]. 复旦外国语文学论丛 , 2019(2):78- 84.

个假小子似的女孩，沉浸在音乐、幻想和远方之中，与现实格格不入；比夫，一个安静的观察者和性无能的人，经营着小镇上的一家咖啡馆；杰克，一个狂热的嘉年华工人，试图通过运动来纠正城镇的疾病；考普兰德，作为一个黑人医生，不但救治黑人同胞身体的疾病，更想拯救黑人思想中固有的懒散病。这四个人虽然各怀梦想，但却找不到志同道合者，只能拼命地抓住辛格这根稻草，不停地向其倾诉自己的热切梦想，而辛格在自己的弱智同伴病死之后，绝望至极以致选择了开枪自杀。随着他的死亡，上述四人再次恢复到以前的孤独隔绝之中。

关于这部作品，麦卡勒斯曾经对《亚特兰大宪法报》的编辑拉尔夫·麦吉尔说，“小说的主题和人物明白无误地反映了她对南方良知的看法”[①]。在她看来，人类在内心中都是一个孤独的猎人，但是我们南方人寻找摆脱孤独的过程更加痛苦，因为我们心中有一种特殊的罪恶感，一种无法被完全了解或传达的罪恶感——“对黑人的奴役和对妇女的压迫”[②]。由于我们长期生活在一个人造的社会体系中，而我们却坚持认为它是自然与正确的，这就使我们感到更加孤独，精神上更加疏远。因而，在写作中，她明确提出该作品的主题就是“人对自己内心孤独感的反抗，以及尽可能充分

① Carr, Virginia Spencer. *Understanding Carson McCullers*[M]. Columbia: University of South Carolina Press,1991:17.

② Groba, Constante González. "‘So Far as I and My People Are Concerned the South Is Fascist Now and Always Has Been’: Carson McCullers and the Racial Problem", Atlantis , (Salamanca, Spain) , Vol.37,No.2,2015:63-80.

地表达自我的渴望。”[①] 围绕着这一总体思路，她设计了若干对立的主题，其中之一即是“人类天然具有合作精神，但是一种非自然形成的社会传统却让他们的行为与内心深处的天性相悖。”[②] 所以，她才描写了不同身份、不同种族、不同工作与不同年龄段的四个主要人物，通过他们的互相抵牾诠释了无序南方的社会病症。

与《心是孤独的猎手》相同，《没有指针的钟》也是麦卡勒斯探讨社会病症的一部作品。它作为她的最后一部长篇小说，发表于 1961 年。该小说主要由两条线索构成，一是药房老板 J.T. 马龙先生自查出得了白血病到十四个月后平静死去的主线，另一是蓝眼睛的黑人孤儿舍曼·普友一心寻找生母、法官孙子有意查明父亲死因的副线。小说的情节虽然说不上离奇曲折，但作品中的人物却“有血有肉，一个个栩栩如生，跃然纸上”[③]，尤其是上面提到的几个主要人物，更是各具特色，令人过目难忘。

早在 1942 年，麦卡勒斯就开始思考一部叫“杵”的小说，只是由于手头不断有需要写出的其他作品而被一直搁置下来。1951 年时，她曾经告诉一个评论人，在过去的十年里，她一直在关注“一个人到底能够承担多大责任”[④] 这个主题。两年之后的 1953 年，她又告诉一位意大利杂志编辑，说她正在准备出版一部作品《杵》，

① [美] 卡森·麦卡勒斯 . 启与魅：卡森·麦卡勒斯自传 [M]. 杨晓荣译 . 北京：人民文学出版社 , 2019:216.

② [美] 卡森·麦卡勒斯 . 启与魅：卡森·麦卡勒斯自传 [M]. 杨晓荣译 . 北京：人民文学出版社 , 2019:216.

③ [美] 卡森·麦卡勒斯 . 没有指针的钟 [M]. 金绍禹译 . 上海：上海三联书店，2007:268.

④ [美] 弗吉尼亚·斯潘塞·卡尔 . 孤独的猎手：卡森·麦卡勒斯传 [M]. 冯晓明译 . 上海：上海三联书店 , 2006:209.

内容是关于“善与恶、偏见和对生命的尊严的肯定”。[①] 到了1958年夏天，“当她再次构思小说的情节和人物时，南方生活的各个侧面和种种偏见，有时是扭曲夸张的，重新浮现在她的眼前。”[②] 正因如此，她才采用双线方式进行写作，借用药房老板J.T.马龙这条主线表达她对于生与死的思考，而用舍曼·普友这条副线达到批判南方社会种族罪恶的目的。这一主一副，虽然串联起个人与社会两方面的主题，但个人方面的困扰问题是作家更为关心的主题，因而J.T.马龙成为当之无愧的主要人物。

在小说一开始，马龙就得知自己得了白血病，整个人便像个没有指针的钟一样，感觉失去了时间的意义，既无法承认死亡即将到来这一现实，又无法摆脱一切皆为虚幻这一感觉，“生和死的虚幻”[③] 都在折磨着他。而更让他心烦意乱的是那天他所遇到的一个人，这个人不但紧紧跟着他，而且在他猛然转身时，居然与他撞了个满怀，而且当“两个人撞在了一起的时候，那黑鬼站稳了身子，没有移动，”[④] 倒是他往后退了一步。虽然他以前在外面闲逛时也总会遇到他，但现在“他们就这样站在狭巷里，你看着我，我看着你”[⑤]，似乎是一场瞪眼比赛，看谁瞪得过谁，直到他看到对

① Carr, Virginia Spencer. *Understanding Carson McCullers*[M]. Columbia: University of South Carolina Press,1991:109.

② [美]弗吉尼亚·斯潘塞·卡尔.孤独的猎手：卡森·麦卡勒斯传[M].冯晓明译.上海：上海三联书店,2006:496.

③ [美]卡森·麦卡勒斯.心是孤独的猎手[M].陈笑黎译.上海：上海三联书店,2007:10.

④ [美]卡森·麦卡勒斯.没有指针的钟[M].金绍禹译.上海：上海三联书店,2007:12.

⑤ [美]卡森·麦卡勒斯.没有指针的钟[M].金绍禹译.上海：上海三联书店,2007:12.

方“那眼睛炯炯的目光颤动了，又稳定下来，变为充满奇怪的同情的眼神。他觉得这两个奇怪的眼睛知道，他不久就要死去。”[①]这个感觉让他浑身战栗，很不踏实，直到出了小巷看到平常而友好的面孔，才算松了一口气。在这之前，他自诩自己在种族问题上向来比较宽厚，但这次相遇的瞬间，他“心里会自然地采用一个刺耳的词语可恶的黑鬼来描述”这个黑人男孩，甚至“因厌恶和憎恨而感到浑身发冷。”[②]后来，这个黑人男孩舍曼租住了白人社区的房子，住到了紧靠马龙太太继承的三所小房子的隔壁，而“他搬场的消息像野火一样，迅速传遍了全城”[③]，引起了人们的注意。周遭的白人再也无法淡定，不停地到马龙药房里发泄怒气，最终他们聚集在他的药房里，商量着用暴力来对待舍曼搬入白人社区这一事件。当马龙摸到画着X记号的纸团时，他说“假如要用爆炸或者暴力，我不能。……我是一个要死的人了，所以我不会去犯罪，不会去杀人。……我不想危害我的灵魂。”[④]虽然他也说不清楚自己的灵魂到底是什么，但是他坚信，假如真有灵魂，自己就不想失去它，非常坚决地拒绝了去执行炸死舍曼的这一行动。可见，“死亡在令他失去生命活力的同时却也使他获得了人性的复

① [美]卡森·麦卡勒斯．没有指针的钟[M]．金绍禹译．上海：上海三联书店，2007:12.

② [美]卡森·麦卡勒斯．心是孤独的猎手[M]．陈笑黎译．上海：上海三联书店，2007:27.

③ [美]卡森·麦卡勒斯．没有指针的钟[M]．金绍禹译．上海：上海三联书店，2007:242.

④ [美]卡森·麦卡勒斯．没有指针的钟[M]．金绍禹译．上海：上海三联书店，2007:248.

苏"[1],让他顶着来自于群体的压力,在种族问题上坚持了人性的立场,令他在临终前完成了精神和道德上的双重超越,获得了灵魂的自由。所以,在他弥留之际,生出他"从来未曾体验过的井井有条和简单明了的特性。……慢慢地,悄悄地,既没有挣扎,也没有恐惧,"[2] 就这样像一声叹息似的永远消逝了。

马龙在小说之初表现出来的道德困境和生死抉择,随着他病情的加重而日渐变得举重若轻,尤其是当他在市立医院阅读了克尔凯郭尔的《病患至死》一书后,看到了"最大的危险,即失去一个人的自我的危险,会悄悄地被忽视,仿佛这是区区小事;每一件其他东西的丧失,如失去一个胳膊,失去一条腿,失去五元钱,失去一个妻子,等等,那是必定会引起注意的。"[3] 这几行字令他在震惊的同时,更使他惊觉地开始深深的自我反思,从情感、婚姻、事业、人生等几个方面回顾自己的初心,发现自己真的正在逐渐失去自己的自我,因此决定直面人生,找回自我。大约就在此后不久,舍曼做出了搬入白人居住社区的大胆举动,惹得老法官等白人义愤填膺。而此时的马龙,已经依靠初心的指引,到达了彻底消除了人为规定的生死界限与种族界限的全新自然境界之中,可以澄澈清明地直面黑与白、生与死等问题。因而,他不再对老法官亦步亦趋,而是始终坚持自己的态度立场,最终在问心无愧

---

① 林斌. 寓言、身体与时间:《没有指针的钟》解析 [J]. 外国文学评论, 2009(4):81-93.

② [美] 卡森·麦卡勒斯. 没有指针的钟 [M]. 金绍禹译. 上海:上海三联书店, 2007:266.

③ [美] 卡森·麦卡勒斯. 没有指针的钟 [M]. 金绍禹译. 上海:上海三联书店, 2007:165.

中走完了人生的最后旅程。可见，对作家来说，马龙真正的病症不是白血病，而是存在的绝望——于唯唯诺诺中支离破碎的生活状态，于是通过他对待舍曼前后态度的截然不同，完成了自己对人应该如何有意义地生这一命题的思考。

在《创作笔录：开花的梦》一文中，麦卡勒斯曾经说“精神上的隔离，是我大部分创作的基本主题。我的第一本书与这个主题有关——几乎整本书都与此有关，并且，此后我所有的书也都以这样那样的方式与之相关。”[①] 这种创作主旨促使她事先敲定好每部作品的内蕴，但在真正写作的过程中，数以千计的灵感纷至沓来，又使其对小说本身无法对焦，只能做到理解局部理解角色。就像她在写《心是孤独的猎手》时感到的那样，一直不完全理解它，直到“当我横穿一条马路时，我想到了哈利·米诺维茨这个所有其他角色都与之对话的角色，他是个不一样的人，是个聋哑人。于是，骤然之间，这名字变成了约翰·辛格。这本小说于是被清晰对焦了”[②]。可见，只有小说中的人物角色确定之后，这部作品才能按部就班被加以推进。在这样的写作顺序中，她对人物角色的设置安排，虽是为了契合小说主旨的表达，但在一定程度上也隐含着自身的价值判断与意识形态原则。南方社会主流意识形态所信奉的“白人至上主义”将黑人和少数族裔推至社会生活的边缘，直到 20 世纪也未曾止息。她将黑人、犹太人、菲律宾人等少数族

① [美]卡森·麦卡勒斯.麦卡勒斯：抵押出去的心[M].文泽尔译.北京：人民文学出版社,2012:197.

② [美]卡森·麦卡勒斯.麦卡勒斯：抵押出去的心[M].文泽尔译.北京：人民文学出版社,2012:199.

裔作为次要人物，虽是对当时南方社会中的黑人等少数族裔现实处境的真实写照，但他们在文本中作为边缘的附属或点缀的状态，有力地强化了他们在现实世界中生存状态的被动与无奈。因而，这种小说文本与社会现实互相指涉的文学实践，既是虚拟与现实的有机结合，也是文学与历史的真实对话，在使文学文本充斥着现实社会法则与规定的同时，也令人物角色的设置安排附带上强烈的意识形态色彩。

第二节　单向再现的策略

卡森·麦卡勒斯对小说主次人物角色的设置安排，直接影响到了她对人物形象尤其是少数族裔形象的文本再现方式。虽然她对遭受种族歧视最为严重的黑人群体深表同情，也对遭受反犹迫害至深的犹太人群予以积极观照，塑造出了一系列鲜明独特的黑人、犹太人及其他少数族裔形象，但这些少数族裔形象除考普兰德、舍曼·普友等少数几人外，大多都是着墨不多、仅为陪衬的次要人物，鲜有言说自我与他人的发声机会，大部分情况下，他们仅通过全知叙述者或故事中的视角人物呈现出来，并任由全知叙述者或视角人物对其进行表述、言说和褒贬，几近沦为被忽视和被淹没了主体意识的“他者”存在。正因如此，麦卡勒斯对他们的文本再现，就不完全是客观、公正的如实反映，而是选择、筛捡甚至遮蔽的人为过滤，而这种人为的过滤主要是通过叙述视角的选取隐蔽实现的。

叙述视角作为小说叙事研究的一个重要问题，是指“叙述时观察或感知故事的角度”[①]。它不仅是视觉的眼光，还包括诸如价值判断、道德评判等意义层面的东西，虽属于形式因素，但能有力强化小说的主题诉求，是传递作品主题意义的一种重要方法，具有鲜明的意识形态功能。因而，“叙述视角是每个作家要做的最重要的选择之一。因为这个选择远不仅关乎‘谁讲故事、讲关于谁的故事’这两个问题”[②]，而且还“涉及读者的感知，关乎什么可以被看见，自然也关乎什么不会被看见……它也涉及什么可以被听到、嗅到、尝到和摸到，什么不能。”[③] 正是由于认识到叙述视角的这一重要性，麦卡勒斯在进行小说创作时，大都采取第三人称全知视角和第三人称有限视角综合运用的方式，对少数族裔形象进行单向再现。

首先，麦卡勒斯经常综合运用第三人称全知视角与第三人称有限视角对黑人形象进行单向再现。黑白种族问题一向是她高度关注的主要问题，对她而言，它的存在既代表了南方社会的真实，又彰显了南方社会的痼弊，每当她书写南方之时，情不自禁地就会在作品中留存下它的位置。

在《心是孤独的猎手》中，全知叙述者虽然在开头掌握着叙事权力，交代了中心人物辛格的相关情况，但他很快就将焦点聚焦到主要人物身上，让辛格、米克、比夫、杰克和考普兰德等五人轮流担任叙述者。这种多变的叙事视角，虽然使他们看出去的

---

① 申丹，王丽亚．西方叙事学：经典与后经典 [M]. 北京：北京大学出版社，2010:7-8.

② [英] 安德鲁·考恩．写小说的艺术 [M]. 董韵，李菱译．北京：中国人民大学出版社，2015:149.

③ [英] 安德鲁·考恩．写小说的艺术 [M]. 董韵，李菱译．北京：中国人民大学出版社，2015:149.

视角偶尔会交叉重叠，甚至会相互构成互文甚至讽喻，但也使每个主要人物的视角有了相对独立的叙事空间，得以自如地呈现他们各自的所见所闻与所思所感。因而，在这部作品中，既有第三人称全知视角对黑人形象的客观描述，也有第三人称有限视角对黑人种族的主观看法。

班尼迪克特·马迪·考普兰德医生“是麦卡勒斯笔下所有黑人角色中最复杂、最值得同情的一个”[①]，由于他被作为所有人类都遭受孤立和排斥主题的一个重要变体，因而在小说中占据了不少篇幅。在以他为主的章节中，全知叙述者首先交代他居住在“离主街很远的地方，镇上黑人的街区之一，……独自坐在厨房里。”[②]这种远离主干道的黑人街区作为当时种族代表的舞台，在突显南方城镇以地理为特征的种族秩序的同时，徒劳地试图将所有的生命分割成白色和黑色。因肤色被白人孤立分割出来的他，虽然与黑人同胞一起居住在黑人街区之中，并且拥有四个儿女，但儿女早就被妻子带走离家，镇上的黑人虽然崇拜这位医生，但他们只关心他们的物质和健康需求，对他旨在进行社会变革的信条也不感兴趣，这种被家人、族人疏远和孤立的状态使他只能独自坐在厨房里。只是作者无意于将他塑造为单纯的种族秩序的牺牲品，而是将他的现实境遇与他偏激固执的性格联系在一起，不但通过客观描述他与女儿鲍蒂娅之间的对话，让我们看到他性格极端的实

① Groba, Constante González. "'So Far as I and My People Are Concerned the South Is Fascist Now and Always Has Been': Carson McCullers and the Racial Problem" [J]. Atlantis (Salamanca, Spain) , Vol.37, No.2, 2015:63-80.

② [美] 卡森·麦卡勒斯 . 心是孤独的猎手 [M]. 陈笑黎译 . 上海 : 上海三联书店 , 2007:67.

例——“一个人不能随便抓起孩子，然后强迫他们变成他想要他们成为的人，也不管这会不会伤到他们。不管它是对还是错。你使尽了吃奶的力气想改造我们。”[①] 而且借鲍蒂娅之口说“他疯起来可以比我见过的任何人都疯。所有了解我父亲的人都说他这人疯得可以。”[②] 在此，鲍蒂娅以“疯”这个字涵盖了她对父亲的性格概括与主观看法，进而指出他“疯”的根源在于“你只用脑子思考。而我们呢，我们说话，是出自内心深处的感情”[③]，这种区别不但导致他性格偏激固执，而且使他与家庭和种族脱节。在此后的章节中，他与杰克的一次激烈的口头交锋，让我们读者看到了他的这一性格特征。在第二部分第十三章中，当因遭受白人看守虐待而致残的儿子威利归来之时，杰克与辛格来到考普兰德家中，并与生病的他紧紧围绕种族和阶级问题展开了争辩，但由于双方都不将对方的立场考虑进去，导致他们由起初的各执一词演变为愤怒的言辞攻击，最终发生了激烈争吵不欢而散。尽管作者给予了考普兰德这一人物很多的同情与怜悯，但对他的刻画却相对固定缺少变化，导致他逐渐成为一个孤独的符号，空怀着满腔的遗憾与心有不甘，在辛格死后被妻子的家人带回农场。

鲍蒂娅是考普兰德的女儿，虽然在小说中是个次要人物，但却成为最能发声的一个，不但向米克说出自己对父亲的真实看法，

---

① [美] 卡森·麦卡勒斯. 心是孤独的猎手 [M]. 陈笑黎译. 上海：上海三联书店，2007:75.

② [美] 卡森·麦卡勒斯. 心是孤独的猎手 [M]. 陈笑黎译. 上海：上海三联书店，2007:46.

③ [美] 卡森·麦卡勒斯. 心是孤独的猎手 [M]. 陈笑黎译. 上海：上海三联书店，2007:75.

而且还能够对辛格与米克进行再现。在小说写作前，麦卡勒斯曾经列出一份小说提纲，打算小说的很大一块是以鲍蒂娅、赫保埃和威利为中心来展开故事，让“这几个人遭遇的悲剧在书中各个阶段都起着重要作用。”[①] 在她的计划中，鲍蒂娅最为强势，在小说中的位置也比较重要，能将几个主要人物关联起来，占的“篇幅几乎和一个主要人物差不多，除了米克——但她总是处于一个从属的地位。”[②] 她被雇佣到米克家做帮厨，与主要人物之一米克有密切联系，而且在中心人物辛格租住进米克家后，也有了与其近距离接触的机会。因而，透过她的眼睛和话语，能让我们读者清楚地了解到上述人物的形象特征。当她在周末看望父亲考普兰德时，向后者讲述了哑巴辛格的慷慨与慈善，认为“房客里只有一个人给的房租很可观，而且从没拖欠过。……他真是个好白人”[③]，居然因自己帮他熨烫了几件衬衣就给了一块钱的劳务费。而对于米克，她则说“有时候我觉得你比我认识的任何人都像我父亲，我总算知道为什么啦。……我不是指外貌。我指的是灵魂的形状和颜色。”[④] 她对白人的再现与表达，虽然在一定程度上稍微打破了单向再现黑人的叙事策略，但这种短暂的插曲冲击不了整部小说的单向再现特征。

---

① [美]卡森·麦卡勒斯．启与魅：卡森·麦卡勒斯自传[M]．杨晓荣译．北京：人民文学出版社，2019:232.

② [美]卡森·麦卡勒斯．启与魅：卡森·麦卡勒斯自传[M]．杨晓荣译．北京：人民文学出版社，2019:232.

③ [美]卡森·麦卡勒斯．心是孤独的猎手[M]．陈笑黎译．上海：上海三联书店，2007:80.

④ [美]卡森·麦卡勒斯．心是孤独的猎手[M]．陈笑黎译．上海：上海三联书店，2007:47.

在《婚礼的成员》这部小说中，麦卡勒斯用直白、无所不知的叙述方式来描写人物，但偶尔也会切入到人物内心深处，转换为第三人称有限视角的叙述方式。虽然除主人公弗兰淇之外，小说没有特别予以聚焦的人物，但却给了黑人厨娘贝丽尼斯·赛蒂·布朗不少笔墨。

贝丽尼斯是弗兰淇家的厨娘，在小说开始不久，全知叙述者就对她做了以下描述："她很黑，肩膀很宽，个子很矮。她一直说自己是三十五岁，说了至少三年了。她的头发分开，编成辫子，抹了油紧贴着头皮，脸孔扁平安详。"①这段有关肖像与外貌的客观描写，向读者介绍出了她的身高、长相、年龄与打扮，但接下来的描述却流露出怪异的意味，"贝丽尼斯只有一个地方不妥——左眼是一颗浅蓝色的玻璃。它在她安静的黑脸上向外恣意地直瞪着。她怎么会要一只蓝色眼珠，那不是凡人能想明白的。她忧郁的右眼是黑色的。"②安装假眼虽然无可厚非，但她却安装了一只与自己黑色真眼完全不同颜色的浅蓝色假眼，因而在全知叙述者看来，这种古怪的做法不是凡人能够想明白的。弗兰淇对此虽然已经习以为常，但偶尔也会感觉瘆人不安。当她与正在看书的贝丽尼斯聊天时，由于后者没有抬头，"她的黑色眼珠就朝上看……那只蓝玻璃的眼珠好像还自管自地看着杂志。这张两股视线分道而行的脸"③不但让书里面的弗兰淇感觉不安，也会令书外面的读者不寒而栗。贝丽尼斯的怪异不但体现在这两只不同颜色的眼睛上，而

① [美]卡森·麦卡勒斯.婚礼的成员[M].周玉军译.上海：上海三联书店，2006:5.
② [美]卡森·麦卡勒斯.婚礼的成员[M].周玉军译.上海：上海三联书店，2006:5.
③ [美]卡森·麦卡勒斯.婚礼的成员[M].周玉军译.上海：上海三联书店，2006:27.

且体现在其选择结婚对象的原因上。在与弗兰淇和亨利的日常闲聊中，她向他们讲述了自己的婚姻过往。她与第一任丈夫鲁迪·弗里曼生活得非常幸福，不论是从相遇到结婚，还是从日常普通生活到外出旅游逍遥快活，都是非常开心幸福，直到他得了一种类似肺炎的病去世。独自生活的她在外出探亲时偶遇了酒鬼混账杰米·比欧，看到他拥有一个像鲁迪那样的拇指，"因为被铰链压过，这只拇指看上去好像被捣烂嚼碎了，不好看。"[①] 于是，就误以为能在他这里找到和鲁迪在一起的甜蜜幸福，因而没等自己明白过来就与其结婚了。她与第三任丈夫亨利·约翰逊在大街上相遇时，发现他的身形与背影都跟鲁迪很像，而且他还凑巧买了她卖掉的鲁迪的外套，这么多的巧合与相似又使她误以为遇到了代替鲁迪的人，但是没想到结婚没几个月，他就发疯了，使她没有办法只能离开。她的第四任丈夫威利斯·罗得斯是最后一任也是最糟糕的一任，经常对她实施暴力，甚至抠掉了她的一只眼睛，可怕到她不得不找警察的地步。在她的这段讲述中，读者同弗兰淇一样，听到了她选择丈夫的古怪缘由——既不是基于内心的爱情，也不是基于现实的理性——而是基于寻找到鲁迪影子的幻想，导致她后来的遇人不淑，不但不能引起我们的太多同情，相反会产生同弗兰淇一样"觉得很傻"[②] 的看法。可见，这段故事虽然是由贝丽尼斯的口亲自讲述出来的，但却不但没有反驳此前全知叙述者认为

① [美]卡森·麦卡勒斯．婚礼的成员[M]．周玉军译．上海：上海三联书店，2006:106.

② [美]卡森·麦卡勒斯．婚礼的成员[M]．周玉军译．上海：上海三联书店，2006:106.

她古怪的看法，而且是在用实际实例印证着全知叙述者对她的评价。

在《没有指针的钟》中，舍曼·普友虽然是小说副线的主角，但其特征也多是通过小说的全知视角和人物视角呈现出来的。得了白血病的马龙在小巷中与他相遇时，想起自己之所以记住他的原因在于他怪异的外表："除了他的眼睛之外，他看上去与其他的黑人孩子没有什么不一样。但是他的眼睛呈蓝灰色，长在他的黑肤色的脸上两只眼睛有冷峻、愤怒的神情。"[①] 通过马龙的眼睛，我们看到了他的怪异之处——蓝灰色的眼睛。就是这个蓝灰色的眼睛，使其看起来与拥有黑色眼睛的一般黑人不同，是个混血儿。只是他的怪异不但在于天生的蓝灰色眼睛，而且在于他的穿衣举止。当杰斯特夜晚来访之时，全知叙述者介绍"他是城中衣着最刺眼的人之一。他有两件哈瑟维衬衫，戴一个黑色眼罩，但是他戴了黑眼罩并没有让他气度不凡，倒反而显得模样可悲，并且老撞到东西。"[②] 虽然受到消费主义思想的影响，他热衷于分期付款购买电视广告中的产品，但购买到的衣服却与自己的身高气质完全不符，不但穿不出广告中模特的那种效果，而且会让人感觉可怜搞笑。除了怪异之外，他还喜欢吹牛和撒谎。在接下来与杰斯特的谈话中，全知叙述者始终秉持着反讽的语调，让我们看到了他吹牛皮的"本事"。当他向杰斯特介绍奇泼·穆林的房子时，极尽

① [美]卡森·麦卡勒斯．没有指针的钟[M]．金绍禹译．上海：上海三联书店，2007:12.

② [美]卡森·麦卡勒斯．没有指针的钟[M]．金绍禹译．上海：上海三联书店，2007:75.

夸耀房间中的古董家具、沙发、塞满食物的冰箱，但杰斯特却只看到了古董家具破旧的边缘、窄小的沙发与只有一颗枯生菜和冷豇豆的冰箱。在做了老法官克莱恩的秘书后，当他听到法官尤其强调糖尿病不会传染之后，他说“我对糖尿病非常了解。我哥哥就有糖尿病。他吃的东西都要在小小的天秤上称一称。每一口吃的东西都要称。”① 明明是个孤儿，他却把谎话说得有板有眼。此后，作者通过他自己的口承认了这种撒谎行为，“因为我编造过许多事情”②，导致被斯蒂文斯先生侵犯后，无人相信他的话。虽然吃过如此大的亏，但他依然本性不改。

其次，综合运用第三人称全知视角与第三人称有限视角对犹太人形象进行单向再现。在麦卡勒斯的小说中，犹太人的形象虽然没有占据太重要的位置，但却在很多作品中都出现过。短篇小说《外国人》的主人公菲利克斯·克尔，《心是孤独的猎手》中的哈里·米诺维茨，《神童》中的小提琴家海密·伊斯雷尔斯基等等，都是正统的犹太人身份，只是他们在小说中的重要性不同，有的是作为主要人物，有的是作为次要人物或背景人物。

在《外国人》这个短篇小说中，整个故事围绕着一个被迫流亡到美国的犹太人菲利克斯·克尔展开。他于 1935 年 8 月乘坐公共汽车南下，目的是想在美国南方某处安家，迎接即将从欧洲赴美的家人。全知叙述者首先从外部观察他的外貌、衣着与言行

① [美]卡森·麦卡勒斯. 没有指针的钟 [M]. 金绍禹译. 上海：上海三联书店，2007:118.

② [美]卡森·麦卡勒斯. 没有指针的钟 [M]. 金绍禹译. 上海：上海三联书店，2007:89.

举止，然后又描述他在火车上的所见、所闻和所感，从外到内对其进行了全方位的扫描。因而，通过第三人称全知视角的叙事方式，小说既呈现了他与邻座青年短暂闲聊的场景，又描述了他长时间独自观察与思考的画面，在为读者全面展现出他旅途经历的同时，也让读者了解到他虽然大难不死但却居无定所、家庭支离破碎的受难困境。与塑造主要人物菲利克斯·克尔的方式不同，麦卡勒斯以人物视角的方式单向再现作为次要人物或背景人物的犹太人形象。《心是孤独的猎手》中，经由米克的眼睛与回忆，虽然单向再现了犹太男孩哈里·米诺维茨的聪明绝顶与干净帅气，但却比她“矮几英寸”[①],那些在商业中心精于钟表修理工作的犹太工人，也都是些“动作敏捷、皮肤黝黑、个子矮小”[②]的犹太人;《神童》中，弗朗西丝虽然过分敏感于外部世界的干扰，因为报纸上对海密的称赞超过了对她的称赞而备受打击，便将海密和音乐教师视为自己无法超越的巨大压力，最终主动放弃了钢琴生涯，但在她看来，犹太人拉甫柯维奇“是那么小的一个小个子”[③],神童海密的身材也比她矮得多，“只能够到她的肩膀”[④];《没有指针的钟》里，已过不惑之年的马龙认为“刻苦攻读的犹太学生把他挤出了

① [美]卡森·麦卡勒斯.心是孤独的猎手[M].陈笑黎译.上海:上海三联书店,2007:106.

② [美]卡森·麦卡勒斯.心是孤独的猎手[M].陈笑黎译.上海:上海三联书店,2007:95.

③ [美]卡森·麦卡勒斯.伤心咖啡馆之歌——麦卡勒斯中短篇小说集[M].李文俊译.上海:上海三联书店,2007:75.

④ [美]卡森·麦卡勒斯.伤心咖啡馆之歌——麦卡勒斯中短篇小说集[M].李文俊译.上海:上海三联书店,2007:81.

医学院，摧毁了他当一名医生的前途”[①]，以至于在很多年后依然无法释怀，始终不能客观地直面自己学医生涯的半途而废；《伤心咖啡馆之歌》中的莫里斯·范因斯坦，全知叙述者交代他“是个动作迅速、蹦蹦跳跳的小犹太人”[②]。上述这些犹太男性，无论是从事技术工作的工人，还是从事音乐艺术的演奏者，就体型而言，都“个头矮小……‘长得干瘪’”[③]，身材不够高大强壮，在体质上有明显的不利之处。在性格方面，犹太男性的感情较为丰富，情绪容易失控，爱哭。莫里斯·范因斯坦每当被人说是他“杀了基督，他就要哭”[④]，他这种爱哭的性格，使其成为爱哭和缺乏男性气质的代名词，以至于此后“只要有人缺少男子气概，哭哭啼啼，人们就说他是莫里斯·范因斯坦”[⑤]。拉甫柯维奇的声音，在弗朗西丝听来觉得带着柔滑、让人听不清楚地嗡嗡声，感觉“更像是女人的”[⑥]，缺乏典型的男性气质。可见，在与犹太人进行接触的视角人物的感知中，犹太男性身材不够高大强壮，男性气质比较弱，虽然在多数情况下，这些特征是视角人物自身个人化与情绪化的主观感觉，

① [美]卡森·麦卡勒斯．没有指针的钟[M]．金绍禹译．上海：上海三联书店，2007:7.

② [美]卡森·麦卡勒斯．伤心咖啡馆之歌——麦卡勒斯中短篇小说集[M]．李文俊译．上海：上海三联书店，2007:7.

③ [美]托马斯·索威尔．美国种族简史[M]．沈宗美译．北京：中信出版集团，2015:92.

④ [美]卡森·麦卡勒斯．伤心咖啡馆之歌——麦卡勒斯中短篇小说集[M]．李文俊译．上海：上海三联书店，2007:7.

⑤ [美]卡森·麦卡勒斯．伤心咖啡馆之歌——麦卡勒斯中短篇小说集[M]．李文俊译．上海：上海三联书店，2007:8.

⑥ [美]卡森·麦卡勒斯．伤心咖啡馆之歌——麦卡勒斯中短篇小说集[M]．李文俊译．上海：上海三联书店，2007:74.

但在某种程度上，也体现出美国南方人对整个犹太民族共有特征的客观认知。

第三，综合运用第三人称全知视角与第三人称有限视角对菲律宾人形象进行单向再现。在麦卡勒斯的所有小说中，只有《金色眼睛的映像》提及到了菲律宾人——兰顿少校家的菲律宾男仆安纳克莱托。

在小说中，无所不知的叙述者先是通过介绍哨所在和平时期的封闭与千篇一律，营造了一种单调乏味的情绪，接下来却通过加强读者的注意力，预设出不太可能发生的谋杀案的事情。此后，叙述者移情于两个主要人物——潘德腾上尉与二等兵威廉姆斯，并且时不时地以类似于《心是孤独的猎手》的叙述风格的方式移情于次要人物，但却很少移情到作为次次要人物的安纳克莱托这里。他在小说中的第一次出场，是叙述者介绍谋杀案的当事人名单时，被叙述者以“一个菲律宾人”[①]一语带过，没有被提到名字。他真正出场露脸是在第二章，当时叙述者正在交代潘德腾上尉家中的四个人物，在提及他们的往事时，说道“后来兰顿家的菲佣安纳克莱托嚎啕大哭着冲进房间，面部如此之扭曲，大家全都无言跟着他”[②]，发现了因剪掉自己乳头而昏迷的兰顿太太。他在出场时的面部扭曲与嚎啕大哭，既说明了兰顿太太的行为太过骇人，又给读者留下了胆小不勇敢的印象。此后，当叙述者聚焦于兰顿

① [美]卡森·麦卡勒斯.金色眼睛的映像[M].陈黎译.上海：上海三联书店，2007:2.

② [美]卡森·麦卡勒斯.金色眼睛的映像[M].陈黎译.上海：上海三联书店，2007:32.

太太时，从她的回忆中让读者得知安纳克莱托自十七岁时就开始跟着她，是她无比忠诚可靠的情感伴侣，不但陪伴着她度过了丧女的痛苦，而且还填补了她因丈夫出轨带来的情感空虚，始终像个天真快乐的孩子似的陪伴着她；而当叙述者移情于兰顿少校时，透过他的眼睛，我们看到的是“小菲佣的步态优雅沉着。他脚穿凉鞋，柔软的灰色裤子，一件蓝亚麻上衣。他的小胖脸是奶白色的，他的黑眼睛闪闪发亮。”[①] 通过他的口，我们听到的是安纳克莱托作为“一个二十三岁的成年男人整天不是莺歌燕舞就是摆弄水彩，这太可怕了。”[②] 可见，借助兰顿夫妇的眼睛与嘴巴，叙述者为读者建构起了安纳克莱托较为幼稚的心性。当叙述者偶尔将笔触放在他身上时，我们会发现热衷于艺术的他，既喜欢跳俄罗斯芭蕾，又喜欢跳激烈的小独舞，经常会在少校家中兀自开始，甚至在跳完之后会自恋一般地认为“太棒了”与自己的名字安纳克莱托之间是多么押韵。他的所言所行不但没有推翻上述视角人物的看法，反而在努力地去印证他们的看法。

第四，综合运用第三人称全知视角与第三人称有限视角对印第安人形象进行单向再现。印第安人的形象在麦卡勒斯的小说中占据着非常轻微的地位，只出现在《心是孤独的猎手》和《没有指针的钟》中。

《心是孤独的猎手》中的赫保埃，虽然是鲍蒂娅的丈夫，但却

---

① [美]卡森·麦卡勒斯．金色眼睛的映像[M]．陈黎译．上海：上海三联书店，2007:41.

② [美]卡森·麦卡勒斯．金色眼睛的映像[M]．陈黎译．上海：上海三联书店，2007:134.

“是印第安人。他身上有不少印第安血统。”[①] 在鲍蒂娅的口中，他在结婚前虽然“是个神神道道的主”[②]，但结婚以后的表现还不错，相对来说比较成熟稳重，既对考普兰德医生彬彬有礼，又对家庭尽职尽责。只是作为非常次要的人物，叙述者很少将眼光停凝在他的身上，导致他成为小说中沉默的大多数的一员。在《没有指针的钟》中，当老法官家的黑人厨娘维莉丽因为保险金的问题辞职之后，马龙妻子帮他找了一个女佣，“她几乎完全是个印第安人，并且非常沉默。”[③] 她总是沉默不唱歌，这让喜欢热闹的老法官很不适应，而且她“做的一日三餐很马虎，烧得不好，服侍得也不好。正餐开始的时候她端上汤来，两个大拇指一半浸在摇晃的汤里。”[④] 这些缺点虽然让老法官很不喜欢，但是她从来没有听说过社会保险，而且也不认识一个字。对于她这种无知的状况，老法官倒是隐约有些满意，感觉能够找回以往被黑人服侍的优越感。

综上可见，麦卡勒斯在对黑人、犹太人、菲律宾人和印第安人等形象进行单向再现时，综合运用了第三人称全知视角和第三人称有限视角。她大多选取与少数族裔混杂居处的南方白人作为视角人物，经由他们的眼睛和嘴巴对少数族裔进行单向再现，导致这些少数族裔形象以被讲述的面目呈现出来，使他们的情感历

---

① [美]卡森·麦卡勒斯. 心是孤独的猎手[M]. 陈笑黎译. 上海：上海三联书店，2007:74.

② [美]卡森·麦卡勒斯. 心是孤独的猎手[M]. 陈笑黎译. 上海：上海三联书店，2007:47.

③ [美]卡森·麦卡勒斯. 没有指针的钟[M]. 金绍禹译. 上海：上海三联书店，2007:233.

④ [美]卡森·麦卡勒斯. 没有指针的钟[M]. 金绍禹译. 上海：上海三联书店，2007:234.

程、行为动机处于被遮蔽状态。他们的被观察与被讲述，既形象地反映出他们在其文本中的边缘与轻微，又有力地强化了他们在现实世界中生存状态的被动与无奈。在此，作为视角人物的南方白人跃居中心，掌控着言说自我和言说他人的权力，而少数族裔群体的声音却在认知暴力和主流表征系统的框架下被匿声，几乎完全丧失了再现自我和他人的权力和能力，进而在文本和现实中都处于边缘的失语状态。可见，南方白人对少数族裔的单向再现，既是再现者拥有言说他人权利的权力表征，又是他们对固守自己民族边界意识的积极认同，并隐喻出将少数族裔视为种族“他者”的共同偏见，这种明确的政治信息，使作为“他者”的少数族裔与作为“主体”的南方白人之间存在着无法消弭的疆界与裂痕，只能消极地回缩在自己民族或文化的螺壳之内。因而，麦卡勒斯对少数族裔形象的单向再现，不仅仅是选择叙述视角的单纯的写作技巧问题，而且是关涉价值介入和话语霸权的意识形态问题，它既直接影响着再现对象的呈现样态，又覆蕴着强烈的意识形态功能。

第三节　架空细节的想象

20 世纪的美国，随着工业革命的进一步发展，科学技术使得人类对陌生空间的认知得到了空前的拓展，不但借助交通工具在社会实践上将不同的地理空间联系起来，而且还通过大众传播技术击溃物理空间的内外分野，真正做到了将世界各地原本独立的空间联结成整体。这种基于现代交通和通讯的迅猛发展导致的“时空压缩”，不但加速了人口流动，而且加强了国际联系，促进了国际交流，使长期自足、稳定、闭塞与疏远的美国南方，也不能“幸免”于这场流动性大潮带来的跨界影响，被迫沾染上全球化的倾向，融入世界现代化的进程之中。热衷于描写地域特色的南方作家们，也撇不清与世界主义的勾连，或多或少地描述了外来世界的影响与入侵。

与同时期的南方作家相比，麦卡勒斯小说的一个突出特点就是广泛地拓展了国外的异域空间。她在小说中涉及到的异域国度比较广泛，既有亚洲的中国、日本、菲律宾与土耳其，也有欧洲的希腊、德国、法国、俄国与挪威，还有南美的巴西等国家。虽然她在进行写作和构思的时期，还没有亲自游历国外的经验，但她与生俱来的强烈好奇心，却使其热情地向往异域风情，不论是借助广播与报纸等媒体获悉海外知识，还是通过拜访来美的国外人士了解异国他乡，都使其感受到无比新鲜与强烈的震撼，这些遥远异国的城市景观与风俗习惯，不但能带她跳脱琐碎的日常生活，而且能鼓荡起她文学想象的翅膀。因此，她非常敏感于美国在世界范围内的发展与扩张，以清醒的地缘政治意识描绘着国外的异域空间，精心设计出众多外国人物为代表的别样异国风情。不过，这种纸上得来与道听途说的渠道，使她对异域空间的感受、理解与想象有些飘忽，因而，她从不直接描写人物在异国的生活情形，只是简单地将异国作为背景提及或是以人物追忆的方式呈现，既缺少与异国有关的丰富多样的生活图景，又鲜有和异域关联的芸芸众生的生活细节，自始至终使异域想象呈现出非常浓厚的架空色彩。

首先，以外国人为代表的异域想象。麦卡勒斯生长于二十世纪二三十年代的哥伦布，这个小镇虽然是一个典型的美国南方小镇，但却是美国的南方经贸和交通中心，不但商业较为繁华，而且有南部铁路穿过，还有美国的步兵大本营——本宁堡军事基地。在人口构成上，该小镇既有富裕的工商业主，也有大量极端贫穷的白人与黑人，还有一些中产阶级、外来移民与军人。相较于本土居民，她对外来的移民更感兴趣。在她看来，不管是移民到此的外国移民，还是来此服役的军官士兵，虽然都是这座南方小镇城市空间中的历史过客，但有的拥有她所不知的陌生过往，有的又会因调令前往她所不知的陌生未来，不管哪种流动方式，都会产生新鲜刺激的距离感。因此，她在很多小说中都涉及到外国人形象。这些外国人的名字和身份虽然没有太多意义，但借助他们的存在，既拓展了小说的叙事空间，又建立起了美国人与他国的内外联系。短篇小说《神童》中的钢琴教师比尔德巴赫、《心是孤独的猎手》中的希腊人斯皮诺思·安东尼帕罗斯、《金色眼睛的映像》里的菲律宾人安纳克莱托等等，都代表着她对不同国度的异域想象。

短篇小说《神童》作为她早期的一部作品，是一篇描写情绪的小说。十五岁的弗朗西丝步履蹒跚地摇摆在青春期和成年之间，跟随着比尔德巴赫先生学习钢琴。这位老师虽然出生在美国，但其父亲“是荷兰的一位小提琴家。他的母亲来自布拉格”[①],其本人年轻时是在德国度过的，并且在德国与一位抒情歌曲歌唱家结婚。

① ［美］卡森·麦卡勒斯．伤心咖啡馆之歌——麦卡勒斯中短篇小说集［M］．李文俊，译．上海：上海三联书店，2007:79.

比尔德巴赫先生的跨国血统、跨国经历与跨国婚姻，都令她感觉老师很不平凡，身上充满了光环，因而，“有多少次，她希望自己出生和长大的地方不是再平凡不过的辛辛那提。”[①] 尽管她从来没有把这种真实的想法告诉过老师，但她对异国文化的好奇却体现在不经意的提问之中，“干酪在德语里怎么说的？比尔德巴赫先生，我不明白你的意思在德语里是怎么说的？”[②] 她注意到老师“还用很自信、很深沉的德国喉音”[③] 说她是一位神童，老师的太太则“以自己那种安详，几乎有点憨傻的神态喜欢她。太太跟先生颇不相像。她很安静、肥胖，也很迟钝。只要她不是在厨房里烧大伙都爱吃的丰富菜肴，她好像什么时间都是躺在二楼他们的床上，或是读杂志，或是微笑着不知瞪向什么。他们在德国结婚时她是一位抒情歌曲的歌唱家。她现在不唱了（她说是嗓子出了毛病）。”[④] 而且，他们之间没有小孩，这让她觉得“这件事似乎挺古怪的。”[⑤] 可见，比尔德巴赫夫妇除了偶尔用德语表明他们在德国生活过之外，没有任何与异国相关的只言片语与生活片段，但弗朗西丝却将他们的异国经历包裹进幻想的空气中，努力地想象和营造出他们非同寻常的异域气息。

---

① [美]卡森·麦卡勒斯.伤心咖啡馆之歌——麦卡勒斯中短篇小说集[M].李文俊译.上海:上海三联书店,2007:79.

② [美]卡森·麦卡勒斯.伤心咖啡馆之歌——麦卡勒斯中短篇小说集[M].李文俊译.上海:上海三联书店,2007:79.

③ [美]卡森·麦卡勒斯.伤心咖啡馆之歌——麦卡勒斯中短篇小说集[M].李文俊译.上海:上海三联书店,2007:85.

④ [美]卡森·麦卡勒斯.伤心咖啡馆之歌——麦卡勒斯中短篇小说集[M].李文俊译.上海:上海三联书店,2007:80.

⑤ [美]卡森·麦卡勒斯.伤心咖啡馆之歌——麦卡勒斯中短篇小说集[M].李文俊译.上海:上海三联书店,2007:80.

《心是孤独的猎手》中的希腊人斯皮诺思·安东尼帕罗斯，其原型是一个在哥伦布市工作的希腊经销商，但作者在小说中对其做了很大的改动。按照她所列出的《哑巴》提纲，他被设定为“心智发育、性状发育和精神发展都相当于一个七岁左右的小孩。”[①]小说一开始，全知叙述者就介绍到“镇上有两个哑巴，他们总是在一起……带路的是那个非常肥胖、迷迷糊糊的希腊人。夏天，他出门时总是穿着黄色或绿色 T 恤——前摆被他胡乱地塞进裤子里，后摆松松垮垮地垂着。天冷一些的时候，他就在衬衫外面套上松松垮垮的灰毛衣。他的脸圆圆、油油的，眼皮半开半闭，弯曲的嘴唇显出温柔而呆滞的笑容。”[②]在这段叙述中，我们得知矮胖的哑巴是希腊人斯皮诺思·安东尼帕罗斯，他不但非常肥胖，而且还不修边幅，经常迷迷糊糊的，带着温柔而呆滞的笑容，虽然人畜无害，但却智力低下。他在堂兄的水果店里打杂，虽然能用手语做简单的祷告，也学会了象棋的开局几步，但却整日懒洋洋的，只热衷于喝酒和吃东西。在突发的怪病被医治好之后，他的脾气却变得暴躁起来，不但偷窃饭馆的食物与器皿，而且还对着银行大楼的墙根撒尿，甚至在街上故意碰撞行人，最后被堂兄强行送到百里外的州立疯人院，最终死在了里面。他虽然是个次要角色，但却是一个举足轻重的人物，不但拉开了小说的序幕，成为核心人物辛格的生活伴侣与精神支柱，而且推动着小说的情节发展，

① [美]卡森·麦卡勒斯. 启与魅：卡森·麦卡勒斯自传 [M]. 杨晓荣译. 北京：人民文学出版社, 2019:232.

② [美]卡森·麦卡勒斯. 心是孤独的猎手 [M]. 陈笑黎译. 上海：上海三联书店, 2007:3.

其离世直接导致了后者的绝望自杀。对于这样一个关键性的人物，麦卡勒斯虽然赋予他鲜明的个体特征，但却多集中描写他聋哑特征与智障行为，至于他的希腊人身份，则只通过叙述者在讲述时将其称为希腊人或胖希腊人来彰显，而且，在更多的时候，与这种指代称呼相连的是肥胖、贪吃、好酒、偷窃与下流等负面特质，这些负面的特质与其说是希腊人的标志，不如说是他精神失常后的失控行为。可见，安东尼帕罗斯虽然是个真实可感的聋哑智障残疾，但却是位面目模糊不清的希腊人士，其国籍身份流于浅表的符号象征，而非具体真实的存在。虽则如此，她的文化版图却把希腊这个异域国家带入到读者的日常视野之中，在营造了异于平常的异域空间的同时，也拓展了本土人民的世界意识。

在《金色眼睛的映像》中，麦卡勒斯几乎完全避开了细节描绘与国外生活场景，沿用了描绘希腊人安东尼帕罗斯的手法塑造了菲律宾人安纳克莱托。这个来自遥远东方的亚洲人，于七年前跟随兰顿少校一家来到美国，然后便割断了与母国的任何联系，一心一意地跟随和陪伴着女主人艾莉森，只有一次例外。当时，他正在与艾莉森聊天，随口提到了偶尔一次的梦境，“菲律宾的午后，枕头潮乎乎的，太阳洒进屋子里，”[①] 这种没有任何标志性特色的场景便成为他对母国的所有记忆。除此之外，兰顿夫妇也曾经在菲律宾生活过，但兰顿少校的记忆中没有任何对这段经历的回忆，艾莉森的记忆也只集中在安纳克莱托初到她家的相关场景上。在这三人中，安纳克莱托是土生土长的菲律宾人，兰顿夫妇曾经

① [美] 卡森·麦卡勒斯．金色眼睛的映像 [M]. 陈黎译．上海：上海三联书店，2007:100.

居处过菲律宾，但他们在小说中都少有或没有提及到菲律宾的当地特色与社会图景。因而，此处的菲律宾人与希腊人一样，都是一个没有细节支撑的异域象征。不过，与希腊不同，菲律宾这个国名之所以出现在麦卡勒斯的文本中，是美国在世界范围内进行帝国扩张的结果。众所周知，从地缘上看，美国和菲律宾这两个看似没有任何关系的国家，却在1898—1946年这段不到五十年的时间里成了殖民主义宗主国和殖民地的关系。美国的殖民扩张，不但强行将菲律宾带入到不平等的殖民关系中，而且把自由民的安纳克莱托转变为美国白人的仆人，以此时时刻刻提醒着美国人，有一系列的海外领地与他们相连。因而，菲律宾人这个异国形象，看似可有可无，但却以省略和象征的特征激发着读者对遥远的东方进行文化想象，在让读者从思想意识上参与到帝国殖民征服中的同时，感受到嵌入进世界体系中的美国位置。可见，“如果一个人把对主要宗主国文化，如英国的、法国的、美国的文化，放在他们发展帝国事业之斗争的地理背景下来研究，一个清晰的文化版图就会出现”①，麦卡勒斯笔下的菲律宾人即是这样的一个典型个案。

其次，本国人物想象中的异域国度。在20世纪上半叶，现代交通工具所提供的密集的流动性虽已非常普通平常，但男权社会通过对女性流动性的控制使女性处于从属地位，并在意识形态上灌输女性与家庭、本地的天然联系，使女性和“家”成为稳定的象征，导致女性的自由发展与独立自主受到限制，无法实现真正

① [美]爱德华·W.萨义德.文化与帝国主义[M].李琨译.北京：生活·读书·新知三联书店，2003:69-70.

自主自如的空间流动。正因如此，麦卡勒斯在塑造以外国人形象为代表的异域想象的同时，还书写了本国人物尤其是女性人物想象中的异域国度。这些困守本土的本国人物，不安于当下困窘的生活状态，虽然无法凭借交通技术实现身体在空间中的真实移动，但却可以借助想象的方式满足她们的“流动”体验。《婚礼的成员》中的弗兰淇与《通信录》里的赫琦·埃文斯就是如此。

《婚礼的成员》中的十二岁的小女孩弗兰淇，虽然一直受困在盛夏季节里的小镇与厨房之中，像蒙着眼的村骡一样深陷于人生的单曲循环中，但在她内心深处思想与欲望的圈子里，却一直怀揣着融入外部世界的梦想。从这一年夏天，她“开始关注世界”[①]，并且不把这种关注停留在抽象的客观认知上，“将之等同于学校里疆域清晰、色彩斑斓的地球仪”[②]，而是想以局内人的身份真真正正地参与进去。于是，她“通过报纸了解战争消息，但上面有太多的外国地名，而战争的发展又是那么迅速，她常常看不懂。”[③]不论是巴顿追击德国人穿越了法国，还是俄国、塞班岛也同时在开战，这些陌生的外国地名与快速发生的战事，虽然都超过了她的理解能力，让她不甚明了，但却既让她感受到了世界的浩大无比，又让她把遥远的战争远景拉入到日常生活的近景中。因而，她不时地对战争和与战争直接相关的政治时局进行指涉与议论，并经常感觉到军队和战争就像近在眼前一样，“她看到一个快冻僵的俄国大兵带着一杆冷硬的枪，面目黝黑，立在俄国的冰天雪地中。从

① [美]卡森·麦卡勒斯．婚礼的成员[M]．周玉军译．上海：上海三联书店，2006:23.
② [美]卡森·麦卡勒斯．婚礼的成员[M]．周玉军译．上海：上海三联书店，2006:23.
③ [美]卡森·麦卡勒斯．婚礼的成员[M]．周玉军译．上海：上海三联书店，2006:23.

林覆盖的岛屿上，一个吊眼梢的日本鬼子在青绿的藤蔓间滑行。欧洲，被吊在树上的人们，蓝色洋面上逡巡的战舰。”[①]这些战争画面虽然是她在报纸上看到报道后凭空想象出来的，但各国士兵的浴血奋战，却让她心生同仇敌忾之气，“想当男孩，做一个海军陆战队员投身战争。她想象着驾驶飞机以英勇表现获得金质勋章。”[②]这种想要参军打仗并建立功业的梦想，既显示了她对获得战争荣誉的憧憬，又体现了战争期间人的时代症候性。

在此，战场虽然远离美国南方腹地的小镇，战争也拒绝像弗兰淇这样的小女孩参与，但报纸或广播等各种媒体对战争铺天盖地的宣传，不但使得遥远的战争构成了小说的主题级话题，而且还成为小说叙事者和人物的一种生活底色与存在背景，导致小说的内景被进行中的战争潮流所统驭。对弗兰淇而言，她既没有邂逅敌人肉身的遭际，也没有亲临战场的阅历，但迅速发展的战事串联起了太多的外国地名，让她情不自禁地产生囿于一隅的受困感。因而，她想成为哥哥婚礼中的成员，与哥哥和新娘组成“我的我们”，这样，她就可以冲破性别与年龄的壁垒，进行随心所欲的跨洲、跨国旅行。他们三个人既可以沿着海滩漫步在阿拉斯加清冷的天空下，也可以“身处非洲，与一群布袍裹身的阿拉伯人一起，骑着骆驼在风沙中飞驰”[③]，还可以去往遮天蔽日的缅甸，总之，让“那些遥远的地方，还有这个世界，仿佛尽数变得触手可

① [美]卡森·麦卡勒斯.婚礼的成员[M].周玉军译.上海:上海三联书店,2006:23.
② [美]卡森·麦卡勒斯.婚礼的成员[M].周玉军译.上海:上海三联书店,2006:23.
③ [美]卡森·麦卡勒斯.婚礼的成员[M].周玉军译.上海:上海三联书店,2006:73.

及"[①]。可见,正是大众传播技术的勃兴,使得世界各地原本独立的空间通过电报、广播、报纸等媒体联结成一体，在建构出一种可以让人投入情感和智力的全球视点的同时，满足人想象旅行的流动体验，彻底摆脱凝固生存的空虚感和无意义感。因而，弗兰淇对进行地理和空间流动的热切追求，虽然最终未能如愿实现，但她憧憬参与世界的想象性翅膀，却将这些遥不可及的异域国度带入到本土读者的视线之中，尽管它们真实与虚假交织的存在状态使它们不够清晰可感，但这种如雾里花朵般的隐约绰现照样能引发本国人做更大世界公民的意识，满足了人们将自己与日益被理解为相互联系的世界联系在一起的联结欲望。

如果说弗兰淇对外部世界的很多地方都充满着热情的向往，《通信录》中的赫琦·埃文斯则只对巴西充满热望。该短篇小说是麦卡勒斯唯一的书信体故事，也是她"最好、最严格控制的将生命转化为艺术的作品之一"[②]。整个故事由赫琦写给里约热内卢的曼努埃尔·加西亚的四封信件构成。作为高中生的赫琦，在学校所列出的可以通信的、南美洲高中学生的名单上，选择了曼努埃尔作为自己的通信对象，推心置腹地向对方详细地介绍自己的身高长相、兴趣喜好与宗教信仰，并且说她"一直都为南美人感到疯狂……一直希望能把南美洲走个遍,尤其想去里约热内卢"[③],而她之所以如此迷恋南美尤其里约热内卢，根源在于她曾经"看过

① [美]卡森·麦卡勒斯.婚礼的成员[M].周玉军译.上海:上海三联书店,2006:73.

② Carr, Virginia Spencer. *Understanding Carson McCullers*[M]. Columbia: University of South Czrolina Press, 1991:152.

③ [美]卡森·麦卡勒斯.麦卡勒斯:抵押出去的心[M].文泽尔译.北京:人民文学出版社,2012:76.

里约热内卢的海港照片”[①]。就是通过这种表现城市风光与景观的照片，让她了解到以图片符号的形式记录着的地方知识，并以此为线索展开对南美人日常生活的丰富想象，“我就能在脑海中看到你走在阳光下的海滩上。在我的想象中，你有着清澈的黑眼珠，棕色的皮肤，以及黑黑的带卷儿的头发。”[②] 虽然她不了解巴西的种族构成，也没有真正接触过巴西人，但她却本能地感觉到曼努埃尔与自己的种族不同，想象他拥有着与美国白人完全不同的长相。不过，在她的想象中，虽然他俩的种族与长相不同，但却能够相处得很融洽，因而，她热情地计划着与他进行互换国度生活的想法，“你明年夏天来跟我一块儿过暑假吗？……或许明年，我们一道旅行之后，你可以待在我家里，在这儿上高中。而我则同你交换，去你家住着，去上南美洲的高中。”[③] 这是她于 1941 年 11 月 3 日写下的第一封信，充满了温暖、开朗甚至是有些尴尬的坦白语气。三个星期之后，也就是 1941 年 11 月 25 日，她给曼努埃尔写了第二封信。在一开始，她就提到她很担心，因为时间已经过去了三个星期，但却还没有收到他的任何消息，她知道可能是由于战争才使通信时间比她预计的要长。接着，她告诉了他更多的生活细节，并且说每个下午都期待着邮差的到来。第三封信的时间是 1941 年 12 月 29 日，尽管她的态度表现得很宽容，但是语气却

① [美] 卡森·麦卡勒斯 . 麦卡勒斯：抵押出去的心 [M]. 文泽尔译 . 北京：人民文学出版社 , 2012:76.

② [美] 卡森·麦卡勒斯 . 麦卡勒斯：抵押出去的心 [M]. 文泽尔译 . 北京：人民文学出版社 , 2012:76.

③ [美] 卡森·麦卡勒斯 . 麦卡勒斯：抵押出去的心 [M]. 文泽尔译 . 北京：人民文学出版社 , 2012:78.

很正式，“我简直不能理解，为什么还没有收到你的回信。”①第四封信的日期是1942年1月20日，她的语气很酷，直截了当地说“我总共给你寄了三封信，带着满满的善意，并期盼你能够按照预定，完成你在美国与南美洲学生通信计划中所应履行的任务。”②在附录中，她又明确写道“我不会再浪费宝贵的时间来给你写信了。”③据悉，麦卡勒斯于1941年7月构思此作，起源是“因收不到利夫斯的信而产生的极度焦虑。”④当时，她住在萨拉托加泉的沙都艺术中心，与丈夫利夫斯的感情虽已产生裂缝，但并没有发展到离婚的程度。因此，当她迟迟收不到擅长写信的利夫斯的来信时，内心充满了烦躁不安，感觉他没有遵守婚姻的合同，于是就想象了这样一个不遵守笔友合同的通信故事。

南美洲诸国，虽然是美国的天然邻居，但在一战之后日渐不满于美国的“大棒政策”与“金元外交”，逐渐出现反美主义思潮而与其关系疏远。三四十年代，随着法西斯势力在南美的渗透与扩张，美国开始迫切地感受到西半球防卫的紧迫性，开始想法与南美改善关系，展开了“文化睦邻”等政策，试图通过文化和知识间的合作，建立信任、友谊和善意为基础的西半球睦邻体系。第二次世界大战爆发之后，美国更是于1940年6月10成立

① [美]卡森·麦卡勒斯．麦卡勒斯：抵押出去的心[M]．文泽尔译．北京：人民文学出版社，2012:81.

② [美]卡森·麦卡勒斯．麦卡勒斯：抵押出去的心[M]．文泽尔译．北京：人民文学出版社，2012:83.

③ [美]卡森·麦卡勒斯．麦卡勒斯：抵押出去的心[M]．文泽尔译．北京：人民文学出版社，2012:84.

④ [美]弗吉尼亚·斯潘塞·卡尔．孤独的猎手：卡森·麦卡勒斯传[M]．冯晓明译．上海：上海三联书店，2006:168.

“美洲国家事务协调办公室”，通过经济、军事等各种援助以及电影等文化善行，抵御法西斯对西半球的政治和经济渗透。但巴西等南部国家距离美国本土较远，外交上也具有独立性，因而成为西半球防卫体系中较为薄弱的一环，成为美国当局极力争取拉拢的一员。在上面这个故事中，美国南方的一所中学与巴西里约热内卢的一所中学举办笔友通信的活动，高一学生赫琦由于对海外风情尤其是巴西非常感兴趣，于是怀着兴奋热切的心情给笔友写信，希望借助信件往来实现社交式旅行，在满足一睹异域风情的想象性流动之后，图谋身体在真实空间中的跨国移动。但事与愿违，曼努埃尔一直杳无音信，这令她被迫经历了心情状态的急转直下——热切期盼、焦灼难耐、极力压制、终极爆发，最终她只能接受这一无望现实，决绝地告诉对方不会再写任何信件。

对于赫琦而言，她对南美洲国家知之甚少，只是偶尔看到过里约热内卢的海港照片，便狂热地喜爱上这种与美国南方内陆景象迥然不同的自然风光，完全接受了传播媒介所建构出来的异域形象。这些具有代表性地域景观的摄影照片，既开启了她对陌生时空地域的想象，又将遥远且毫无关联的异国拉入到她的认知疆界中，使她在头脑想象中完成了与它的相关联结。因而，她对此次笔友通信活动投入了极大的热情，视其为与巴西进行现实联结的途径，叩开巴西陌生世界大门的钥匙。不过，这种作为地理标记的照片，虽然通过再现与城市有关的地理知识，成为人们感知城市意象的图像符号，但这些图像的生产与传播，看似是拥有独到眼光的摄影师实景拍摄，实则背后交织着科学话语与国家利益的政治诉求。正是由于美国当局此时期对南美洲尤其是巴西的重视，才使得很多像里约热内卢海港照片这样的图片得以出现在美国人的公众视野之中，成为他们无须进行海外旅行就能可知可感的异域国度。因而，对于像赫琦这样的普通美国人而言，凝视异域国度的景观照片，想象与异域国度的新型关系，与其说是为了感受到不同国度与区域的不同，毋宁说是要借助想象的流动找寻好自己在世界中的位置，进而超越狭隘的民族意识转变成具有全球意识的世界公民。

第五章　卡森·麦卡勒斯的东方主义叙事话语

麦卡勒斯在进行小说创作时，有意无意地运用东方主义叙事策略，把作品与遥远、边缘的东方联系起来。综观这些小说文本，会发现它们的故事空间虽然都是在美国的版图之内，但借助故事发展的编排与设置，遥远、边缘的东方也被拉了进来，以附属或点缀的形式服务于文本，尤其是作为次要人物的黑人、菲律宾人与犹太人等少数族裔形象，虽然是可有可无的存在，但却被建构为异质与边缘的“他者”，成为彰显东方主义霸权意识突出的地方，既折射着美国与东方在地理和空间方面的帝国主义联结，又彰显美国与东方这两种差异文化间的不平等对话。

“他者”（The Other），最早出现于柏拉图的《对话录》，认为同者的定位取决于他者的存在，而他者的差异性同样也昭示了同者的存在。因而，他者作为“自我以外的一切人与事物。凡是外在于自我的存在，不管它以什么形式出现，可看见还是不可看见，可感知还是不可感知，都可以被称为他者。”[①] 由于西方哲学从一开始就是关于主体的哲学，“他者”虽然是主体建构自我意义的必备要素，但却被排斥到了学术的边缘，成为暗示着边缘、属下、低级、被压迫与被排挤的状况。“东方主义”作为西方自我意识的内在组成部分，也是一种典型的主体理论，它以“他者化”思维为

① 张剑.“他者”概念综述[OL]. http://marx.cssn.cn/zt/zt_xkzt/12746/dldjgzyll/dldtz/201702/t20170220_3422701.shtml, 2017-02-20.

前提，在意识形态上把西方自我建构成优越于其想象中的东方“他者”，进而为西方实施各种霸权和压迫实践，提供合法性认识论基础。正因如此，麦卡勒斯对黑人、菲律宾人和犹太人等少数族裔进行描述时，虽然力图超越种族主义的壁垒和“社会集体想象物”的桎梏，客观真实地展现这些被边缘化的群体的个性特征和生存状态，但也有意无意地套用了美国文学或媒体所建构出来的“刻板印象”，没有完全走出刻板化描写少数族裔形象的文化心理和历史惯性。

众所周知，“刻板印象”这个词首先出现在印刷媒体上。起先，它被认为是用作模型的金属板制作原件的精确复制品，后来才引申到不同的语境之中。在社会心理学家看来，刻板印象是人正常认知的一部分，它使人们能够迅速对某个人或事做出判断，从而采取相应的行动。但它作为一种根本上简化的方式，带有消极的、错误的和过于简单化的特点，易使人们产生心理定势和极端化倾向，而且它一旦形成，就具有较高的稳定性，很难随着现实的变化而改变。可见，它虽然可以通过一些关键特征来帮助划分界限，但却是固定与简化的，并且隐藏着某种类型的偏见，是强化性别、种族或阶级等级制度的意识形态的武器。具体到跨文化传播领域中，这种刻板化描写作为西方在“东方化”东方的过程中一个非常重要的手段，往往通过无所顾忌地贬低和诋毁东方，不断将其边缘化，最终实现巩固和增强西方中心霸主地位的目的。

第一节　“刻板化”的黑人形象

作为美国南方人数最多的少数族裔，黑人在麦卡勒斯的作品中占据着非常重要的地位，几乎出现在她的每部作品之中。她“很同情他们(黑人)，为他们被奴役的地位感到抱歉”[①]，并试图像对待同族人那样“自然和公正地处理黑人角色”[②]——既描述他们惨淡困苦的生活困境，又表现他们因遭受种族歧视与不公而产生的孤独与无奈，进而对黑人形象的个性和生存境遇进行较为客观和人性化的呈现，但她也借用了一些传统美国文学中所塑造的黑人的“刻板印象”。在美国社会中，占主导地位的白人有意无意地对处于从属地位的黑人进行负面解读，他们按照自己的需要与想象塑造了许多刻板化的黑人形象，比如心智不成熟的“黑孩子”、逆来顺受的“汤姆大叔”和“珍妮大婶”以及妖魔化的“黑人暴徒”等等。这些由白人生产出来的丑化和固化的刻板印象，既严重歪曲了黑人应有的真实形象，又在很大程度上导致美国公众对黑人群体形成更加固定呆板的认识，使得他们在美国社会只能处于“他者”的位置，极大地削弱了他们为自我存在进行辩说的话语权力。

首先，对心智不成熟的“黑孩子”刻板印象的借用。心智不成熟的“黑孩子”的刻板印象，主要表现为一些没有恶意却有点疯疯癫癫的黑人小孩，他们不但生性懒惰、疯狂和幼稚，而且智

① [美]弗吉尼亚·斯潘塞·卡尔．孤独的猎手：卡森·麦卡勒斯传[M]. 冯晓明译．上海：上海三联书店，2006:32.

② [美]弗吉尼亚·斯潘塞·卡尔．孤独的猎手：卡森·麦卡勒斯传[M]. 冯晓明译．上海：上海三联书店，2006:135.

力低下，不像正常人。《心是孤独的猎手》里的威廉姆、《婚礼的成员》中的哈尼·卡姆登·布朗以及《没有指针的钟》里的“大小孩”，这些次要角色都是此刻板印象的直接套印或者翻版改写。

在《心是孤独的猎手》中，威廉姆是黑人考普兰德医生的儿子，经常被称为威利。他在布瑞农的“纽约咖啡馆”里做事，但他“是个懒骨头。在厨房里，他总是停下来偷一会儿懒”[①]，要么吹吹随身带的口琴，要么睡意朦胧地打扫卫生，既不够专心认真，又不断偷懒耍滑，完全是随便应付的工作态度。他不但对待工作不够上心，而且做事容易冲动不考虑后果，因在游乐场为一个女孩而与别的男孩争风吃醋、打架斗殴，最终被关进监狱，遭到了白人看守的极端虐待，最终被迫锯掉双腿终身残疾，成为无腿的男孩。面对自己的不幸遭遇，他既意识不到自己所遭受的不公正对待，也不知道应该要为自己讨回公道，只知道抱怨：“我不知道它们在哪里。他们从来没有把我的脚还给我”[②]，“我只想知道我的脚——脚在哪里。这是我最着急的事……我真希望我知道它们在哪里。”[③] 完全是凭借着本能，用幼稚的话语表达着自己的情绪，不太像智力正常的人的行为方式。

在《婚礼的成员》中，哈尼·卡姆登·布朗是弗兰淇家厨娘贝丽尼斯的弟弟，他虽然肤色浅淡，衣冠楚楚，人也聪明，“会吹小

① [美]卡森·麦卡勒斯. 心是孤独的猎手 [M]. 陈笑黎译. 上海：上海三联书店，2007:29.

② [美]卡森·麦卡勒斯. 心是孤独的猎手 [M]. 陈笑黎译. 上海：上海三联书店，2007:275.

③ [美]卡森·麦卡勒斯. 心是孤独的猎手 [M]. 陈笑黎译. 上海：上海三联书店，2007:277.

号，在黑人高中成绩第一，还从亚特兰大订了一本法语书，自学了些法语。但有的时候，他又会突然发狂，在苏格维尔疯子般乱闯，连续好几天四处折腾，直到朋友们将半死不活的他带回家。”①这种时而正常时而疯狂的行为，使其被母亲及他人看作是上帝没有完成的孩子，不但身体孱弱，整天软绵绵的，而且“性情散漫。军队不招他，他便干挖沙坑的活，直到挖出内伤，再也干不了重活。”②由于“造物主太早地从他身上撒了手”③,无所事事的他不得不四处游荡，做做这个，干干那个，自己完成自己。而他自己完成自己的后果就是被大麻迷了心窍，闯入向他供货的白人店铺实施抢劫，最终被关进监狱，等待审判。

《没有指针的钟》里的黑人男孩——“大小孩”，是个“长得又高又胖的十六岁男孩，但是他没有健全的智力”④，完全是十足的傻宝。他不但总穿着又瘦又紧的衣服与鞋子，而且还不停地用手去擦鼻涕，最大的爱好就是喜欢没完没了地吃东西。这个“活蹦乱跳、馋嘴的低能男孩子，从来没有过自己的理智”⑤，因为不能从乞丐“大车”这里获得好吃的炸鸡，便做出了抢夺乞丐帽子里硬币的行为，结果被白人男孩杰斯特发现并进行追赶。闻讯而来的

① [美]卡森·麦卡勒斯．婚礼的成员[M]. 周玉军译．上海：上海三联书店，2006:131.

② [美]卡森·麦卡勒斯．婚礼的成员[M]. 周玉军译．上海：上海三联书店，2006:39.

③ [美]卡森·麦卡勒斯．婚礼的成员[M]. 周玉军译．上海：上海三联书店，2006:131.

④ [美]卡森·麦卡勒斯．没有指针的钟[M]. 金绍禹译．上海：上海三联书店，2007:17.

⑤ [美]卡森·麦卡勒斯．没有指针的钟[M]. 金绍禹译．上海：上海三联书店，2007:116.

警察在没有问清事情原由的情况下，便想当然地以为他对白人实施了抢劫行为，用力将警棍敲在他的脑袋上，导致他无声无息地死在了大街上。

这三位出生于社会底层的年轻黑人，虽然身体、生理发育还算正常，但神经系统却先天发育不足，游手好闲，懒惰疯狂，要么冲动不理性，要么做出非正常人的疯狂行为，要么嘴馋低能且没有头脑，都是既缺乏理性又幼稚不堪，因而被描述成带有人种缺陷特征的低劣族群，处在种族等级金字塔的最低端，即使入狱或者死亡都让人觉得是罪有应得或是咎由自取。威利因打架被捕之后，鲍蒂娅认为这是他自找的大麻烦，虽然想通过请白人写担保信的方式帮助他，但最终也无济于事；在哈尼出事后，贝丽尼斯“四处奔走，筹集钱款，求助律师”[①]，目的也只是想获得探监的许可，而非想方设法为其减轻罪责；维莉丽在听到外甥大小孩死亡消息的瞬间，虽然伤心地嚎啕大哭，但更多地是恨其不争，认为暴死是“这么多年来他从来没有过自己的头脑”[②]的后果，怨不得他人。至此，我们会发现，麦卡勒斯剔除了心智不成熟的“黑孩子”这一刻板印象的喜剧功能，不再让他们的行为与表现起到逗人开心、令人愉悦的娱乐作用，但却保留了这一刻板印象中扭曲的丑化元素，既描述了这些黑人男孩的身体退化与智力残障，又将这种身体智力问题与道德堕落或败坏联系起来，不论是在夜店

① [美]卡森·麦卡勒斯．婚礼的成员[M]．周玉军译．上海：上海三联书店，2006:162.

② [美]卡森·麦卡勒斯．没有指针的钟[M]．金绍禹译．上海：上海三联书店，2007:125.

与人打架斗殴的威利，还是黑夜闯入白人店铺实施抢劫的哈尼，以及光天化日之下偷抢乞丐硬币的“大小孩”，他们都由于“存在先天的心智缺陷，故不具备正常人的道德感和自制力”[①]，不但成为了家庭和亲人的负担与累赘，而且还对社会和他人构成了一定的威胁和危害，导致与神经系统相关的“疾病”转变为危害他人与社会的社会问题或社会犯罪，必须由国家暴力机关出手干预才能彻底解决。因而，他们坐牢或死亡的最终结局，虽然能引起读者一定程度的同情与怜悯，但也觉得他们就是需要被隔离的危险人物，应该得到法律的惩处。

其次，对逆来顺受的“珍妮大婶”（Aunt Jemima）刻板印象的使用。珍妮大婶是黑人奶妈形象的一个分支，最早在游艺演出中大放异彩，后来成为煎饼企业的品牌名称。虽然她不再拥有“闪亮与容光焕发的黑色脸庞”[②]，头上也失去了扎成整齐方结的深红色头巾，穿着也越来越偏职业化，但在本质上却与黑人奶妈一样，一如既往地展示着家的温暖、体贴与味道，其友好、喜庆的形象也依然给人留下温柔快乐、性格极好的印象。麦卡勒斯笔下的大多数黑人女性都是此类刻板印象的延续。

《心是孤独的猎手》中的鲍蒂娅在米克家做事，既要帮厨又要照看孩子，工作时间长、强度大，工钱发放也不及时，但她打心眼里喜欢他们，不但认为他们家“是白人中真正的大好人”[③]，而

① 侯波 . 20 世纪上半叶美国优生运动的历史轨迹 [J]. 医学与哲学 , 2014(7A):86-89.

② Roberts, Diane. *The Myth Of Aunt Jemima: Representations of Race and Region*[M]. London and New York: Routledge, 2005:1.

③ [美] 卡森·麦卡勒斯 . 心是孤独的猎手 [M]. 陈笑黎译 . 上海 : 上海三联书店 , 2007:79.

且感觉米克家的三个小孩也像自己的亲人一样，因而，她不是保姆却胜似保姆，始终忠实又满怀爱意地像亲人一样悉心照料他们，既经常额外帮米克准备派对或野餐吃的食物，还不时地照顾巴伯尔与拉夫尔，给他们唱歌或者讲故事。她虽然有时也担心不能在此长久地工作下去，但对于父亲劝她要考虑长久、优先考虑自己的生存的建议，却总是顾左右而言他，一直下不了另寻好工作的决心。《婚礼的成员》中，在弗兰淇家做厨娘的贝丽尼斯更是“极像个保姆,既做饭又充当着替代弗兰淇母亲的角色”[①]。弗兰淇自出生那天便没有了母亲，一直鳏居的父亲便雇佣了贝丽尼斯做厨娘，让她来照顾弗兰淇的饮食。从名义上说，贝丽尼斯只负责做饭干家务，但在工作之余，她经常长时间地陪伴弗兰淇，或者是给她讲故事，或者是陪她玩游戏，不但要不断忍受她孩子式的任性与胡闹，而且还能及时发现她内心的苦恼与困扰，对她进行力所能及的帮助和开导，最终使她顺利渡过彷徨叛逆的青春期，成长为一名少女。在《没有指针的钟》里，黑人维莉丽在老法官克莱恩家中做佣人差不多已经五十年了，一直负责整理家务和厨房事宜。她时刻谨守自己的职责与身份，不但尽心尽力地做饭伺候法官祖孙爷俩，还为舍曼浪费雇主家的昂贵食材而气愤不已。在此，鲍蒂娅、贝丽尼斯和维莉丽三位黑人女佣，不但只完成属于她们的本职工作，而且还在这份雇佣关系中加入个人情感，真正做到了尽心尽力尽情地为雇主服务。

另外，她们都自愿融入主流白人文化，隐忍温顺，安于现状，

① Atkinson, Yvonne. “Mammy” [J]. AMERICAN，Vol.II, Issue.1, (July 2005):22.

毫无反抗的意识与倾向，即使在亲人遭到白人的不公正对待和迫害时，她们也只是悲伤地接受事实。面对哥哥威利遭受酷刑而终生残疾的悲剧，鲍蒂娅明明知道这事很不公平，但除了焦急和心痛之外也无计可施；贝丽尼斯在哈尼被捕入狱后，虽然四处奔走，心力交瘁，但也于事无补，只能被动等待着秋后的审判结果；维莉丽在明知外甥的死亡与杰斯特有牵连时，仍然觉得他更多是咎由自取，怨不得别人，依旧继续留在老法官家中作佣。这些安分守己的人，由于囿于白人意识形态的局限，过于逆来顺受，完全不懂得通过反抗来摆脱逆境，不会对现有的种族秩序带来任何威胁。因而，鲍蒂娅在送走残疾的哥哥与生病的父亲后，继续过着在米克家帮工的生活；贝丽尼斯在弗兰淇一家搬到镇子新区时提出辞职，打算以结婚嫁人的方式度过余生；维莉丽在得知法官不会为她缴纳基金使其将来没有养老金时，毫无维护和争取自己利益的应对措施，只能心中带气地愤然离开。

这三位温顺善良的女性，虽然辛勤工作努力付出，不但非常称职地完成本职工作，而且给予白人雇主的小孩子以家的温暖、体贴与味道，但她们的真心付出却并未换得同等回报：辛苦劳作的鲍蒂娅依然拿着少得可怜的工资，真心实意照顾弗兰淇的贝丽尼斯依然被她恶毒讥讽，希望增加工资和缴纳基金的维莉丽被老法官视为凶巴巴的凶狠女人。麦卡勒斯通过延续“珍妮大婶”这个友好的黑人妇女的刻板印象，表明她们的身份特征虽然根据时代的变化而发生了改变，但她们既没有经济方面的收入改善，也没有政治权利的大幅提升，更没有工作性质的实质改变，只能懦弱隐忍地生活在重压下，始终改变不了艰难生存的底层处境。

第三，将有种族反抗意识的“抗议黑人”塑造得过于极端和偏执。这类形象虽然不同于极端负面的、妖魔化的“黑人暴徒”形象，但他们对白人所持有的反抗、敌视和仇恨态度，却使他们成为过“度”的极端者与偏执者。

《心是孤独的猎手》中的黑人医生考普兰德是一个思想层面上的“抗议黑人”。对于白人，他秉持反抗态度，自始至终充满着敌对情绪，把他们称作“恶魔”和“压迫者”；对于黑人，他充满了拯救种族的使命感，希望用知识和教育来帮助他们成为与白人一样有自尊和尊严的人。但他的这种反抗思想，不仅使白人视他为“国家的麻烦”，而且也得不到同胞和家人的支持与理解，甚至被家人看作是“愚蠢的胡闹”，最终只能怀着“隔阂、愤怒和孤单”[①]的心情默然离开。由于对重新夺回种族被剥夺的尊严这一强大目的非常执迷，他整日奔忙于使命行动中，以至于忽视了黑人重视亲情与温暖的黑色情感，使他和他居住的房子一样，“和周围的房子大相径庭”[②],孤孤单单地一人生存。只是“他的孤立不仅仅是由于种族主义的社会秩序，更多地是根源于他自己的个性”[③]，就像鲍蒂娅在与米克谈话中所提及的那样，“他疯起来可以比我见过的任何人疯。所有了解我父亲的人都说他疯得可以。他做过很疯狂、

① [美]卡森·麦卡勒斯．心是孤独的猎手[M]．陈笑黎译．上海：上海三联书店，2007:139.

② [美]卡森·麦卡勒斯．心是孤独的猎手[M]．陈笑黎译．上海：上海三联书店，2007:68.

③ Groba, Constante González. "'So Far as I and My People Are Concerned the South Is Fascist Now and Always Has Been': Carson McCullers and the Racial Problem" [J]. Atlantis (Salamanca, Spain), Vol.37, No.2, 2015:63-80.

很野蛮的事，”[①]既不让屋子里摆任何花里胡哨的东西，也不允许孩子们有任何不求上进的表现，一旦发现家中有人没有顺其意愿，他就会绝望地发狂，甚至产生“野蛮和邪恶的摧毁欲”[②]，有时会喝烈酒以头抢地，有时还会对家人实施暴力。他的这种极端思想与疯狂行为，不但没有助他实现理想抱负，反而成为族人与家人误会他的根源，导致他只能孤军奋战。

如果说考普兰德的抗议更多体现在思想和精神层面的话，《没有指针的钟》里的黑白混血儿舍曼则是一个行动上的“抗议黑人”。由于刚出生就被抛弃，他不知道自己的身世，但却想当然地认定父亲就是个白人疯子，强奸了他的黑人母亲，因此他恨父亲，恨白人，认为所有南方的白人都是疯子，对白人充满了敌意，并从语言和行为两个方面不断地进行反抗。在与白人进行语言交流时，他会故意违反话语规范，“误用”和瞎编一些词汇，试图通过颠覆语言自身承载的语义秩序，来扭转与之相关联的“错位”的种族秩序。在具体行动上，他十四岁时与同伴撕扯下珍妮大婶的广告牌，抗议白人对黑人妇女进行人为设定的刻板印象；当后来知道了自己的身世后，他产生了与白人“对着干”[③]的想法，采用暴力手段报复白人对黑人种族的不公正对待，并悍然搬进了象征身份、权力与地位的白人居住区。他这种公然挑战白人尊严和种族等级

---

① [美]卡森·麦卡勒斯．心是孤独的猎手[M]．陈笑黎译．上海：上海三联书店，2007:46.

② [美]卡森·麦卡勒斯．心是孤独的猎手[M]．陈笑黎译．上海：上海三联书店，2007:136.

③ [美]卡森·麦卡勒斯．没有指针的钟[M]．金绍禹译．上海：上海三联书店，2007:237.

秩序的“越界”行为，引起了白人的强烈不满与无比愤怒，最终被炸死在家中，付出了生命的代价。他所做的有意激怒白人的颠覆性举动，虽然表达了挣扎在边缘上的少数族裔群体对主流社会权力的否定与控诉，但也导致了种族矛盾的激化与仇恨犯罪的爆发，极端与偏执得过了“度”，最终遭到了主流社会的强烈压制而走向失败。

考普兰德与舍曼这两位有着反抗意识的黑人，虽然年龄不同、职业有别，但却都有极端的性格特征。考普兰德认为“对于我和我的同胞来说,南方现在就是法西斯主义,而且一直都是。”[①]因而，他将改变黑人被压迫的现状视为自己的使命，并为了这种使命而挤压掉自己所有的娱乐与生活，以至于“四十年来，他的使命就是他的生活,而他的生活就是他的使命”[②],不允许自己有丝毫的懈怠；舍曼这个被遗弃的混血儿，在得知自己父母的真实身份后，发现自己的父亲居然是个“奥赛罗”，爱上了一位白人妇女，而自己居然是白人妇女与黑人通奸的“产物”。这种真相完全颠覆了他以前对自己父母身份的所有想象，彻底切断了他一直试图寻找黑人母亲的执着念想，使他在一时之间根本无法接受，头脑中除了困扰与痛苦，就是“我非得对着干，对着干，对着干这个念头就像打鼓一样在他脑袋里响着”[③]，逼使着他做出种种出格的对着干的

① [美]卡森·麦卡勒斯．心是孤独的猎手[M]. 陈笑黎译．上海：上海三联书店，2007:284.

② [美]卡森·麦卡勒斯．心是孤独的猎手[M]. 陈笑黎译．上海：上海三联书店，2007:319.

③ [美]卡森·麦卡勒斯．没有指针的钟[M]. 金绍禹译．上海：上海三联书店，2007:238.

行为。只是他们这种“要不一切，要不全无。不是对，就是错”[①]的极端想法，既对改变黑人的生存现状于事无补，又对自己的抗争抗议行动毫无益处。因而，透过这些“抗议黑人”的形象，我们虽然看到了美国南方种族歧视语境下黑人族裔生存的举步维艰，但也明白了黑人种族抗挣失败的自身因素，毕竟，黑白种族斗争不能靠单纯的单打独斗，更不能仅凭着一厢情愿的蛮力与暴力。这些找不准症结下不对药方的“抗议黑人”，虽然没有任何可怖的行为，也未给社会带来任何的动荡，但他们偏执与极端的本性却极易诱发读者唤醒头脑中妖魔化“黑人暴徒”的刻板印象，进而本能地产生出恐惧与敌对之感，将他们归到负面的阵营之中。

第二节　“幼稚”与“女性化”的菲律宾人

菲律宾人作为最早横渡太平洋的亚洲人，早在 1587 年 10 月 18 日就到达了北美洲。当时，他们还处于西班牙的殖民统治之下。根据资料显示，“从 1565 到 1815，在马尼拉—阿卡普尔科帆船贸易中，许多菲律宾男性被迫在西班牙大帆船上做苦力，一些菲律宾劳工不堪重负，经常趁机在墨西哥和路易斯安娜等地的小海湾逃离这些商船”[②]，前往新奥尔良，并在郊外定居下来，建立起村落，以打鱼、捕虾为生。随后一百多年的时间里，菲律宾人开始了向

① [美] 卡森·麦卡勒斯 . 心是孤独的猎手 [M]. 陈笑黎译 . 上海：上海三联书店，2007:288.

② 韩一熊 . 菲律宾裔美国人竟然是这样到美国的，三次移民浪潮，背后故事令人心酸 [OL]. https://baijiahao.baidu.com/s?id=1664220136218664469, 2020-04-17.

美国零星、少量的移民，但1898年美西战争之后，菲律宾人便掀起了移民美国的浪潮，成为生活在美国的众多少数族裔中的一员。麦卡勒斯的第二部长篇小说《金色眼睛的映像》，便塑造了一个移民到美国的菲律宾人形象。

《金色眼睛的映像》以20世纪30年代驻扎在美国南方的一支军队为背景，讲述了一件发生在和平时期哨所里的谋杀案故事，里面既有错综复杂而又惨烈无比的感情纠缠，也有同性、出轨、自残与偷窥等大胆劲爆题材，是一部备受评论界和南方人争议或指责的小说。此故事的来源是她“丈夫无意中说起，附近的基地里有个好偷窥的人。”[①] 当时，他们正居住在法耶特维尔，一个偷窥狂士兵在北卡罗来纳州布拉格堡的已婚军官宿舍外被抓，而在这之前，她记得“在乔治亚州哥伦布市的一起谋杀案审判中，本宁堡的一名士兵被判杀害了他的指挥官。这两个事件，加上她最近对弗洛伊德和D.H.劳伦斯的《普鲁士军官》及其他故事的阅读，促成了背景、情节和角色塑造的创作，尤其是她对才华横溢、神经质的潘德腾上尉和吸引了他的天真甚至近乎低能的二等兵威廉姆斯的描写。”[②] 这个故事的主角和来源虽然非常明确，但也许是受到伊萨克·迪内森作品的浓郁异国风情的影响，因为她后来曾说，迪内森“文字中的美和作品的某种强势给了我这样的暗示”[③]，使她

① [美]卡森·麦卡勒斯.启与魅：卡森·麦卡勒斯自传[M].杨晓荣译.北京：人民文学出版社,2019:44.

② Carr, Virginia Spencer. *Understanding Carson McCullers*[M]. Colombia:University of South Carolina Press, 1991:37.

③ [美]卡森·麦卡勒斯.启与魅：卡森·麦卡勒斯自传[M].杨晓荣译.北京：人民文学出版社,2019:76.

加上了一个与主干故事不太相关的次要角色——兰顿夫人的菲律宾男仆。在小说伊始，她点出了“这出悲剧的当事人有：两名军官，一位士兵，两个女人，一个菲律宾人和一匹马。”[①]他们的位次顺序“首先是白人男性，有军衔的；其次是女人，没有军衔的；再次是‘东方的’，性别没有暗示出的；最后是马。作品中的男性通过军衔来定位，女人通过性别来定位，菲律宾人则成为既没有军衔也没有性别的存在。”[②]

在美国，自威廉·霍华德·塔夫脱将菲律宾人称为“棕色小兄弟”开始，基于身体差异的“这句话就囊括了整个殖民战争期间——甚至可以说是更长时间——美国人对菲律宾人的主流看法”[③]，并且成为美国殖民话语中的一个持久比喻。在这个短语中，“兄弟”虽然表明着一种友好亲近的家族亲缘关系，但“棕色”却在肤色分类中被置于“白人”之下，表明着低的等级，“小”则具有一种婴童效应，既指显而易见的外在身高的矮小，也指内在心智似孩童般幼稚，甚至还暗含着“他们缺乏管理自己所必需的男子汉气概”[④]。虽然它有非常明显的歧视性色彩，但这个“‘棕色小

① [美]卡森·麦卡勒斯．金色眼睛的映像[M]．陈黎译．上海：上海三联书店，2007:2.

② Martin, Robert K. “Gender,Race,And The Colonial Body: Carson McCullers's Filipino Boy,And David Henry Hwang's Chinese Woman” [J]. *Canadian Review of American Studies*, Vol.23, No.1(1992):95-106.

③ Lasco, Gideon. “‘Little Brown Brother’:Height and the Philippine-American Colonial Encounter(1898-1946) ” [J]. *Philippine Studies:Historical and Ethnographic Viewpoints*, Vol. 66, No. 3, (September 2018):375-406.

④ Hoganson, Kristin L. *Fighting for American Manhood,How Gender Politics Provoked the Spanish-American and Philippine-American Wars*[M]. New Haven and London : Yale University Press, 1998:135.

兄弟'的比喻，在美国流行话语中获得了关注"[1]，像《纽约时报》这样的报纸就刊登过与此主题相关的故事。而麦卡勒斯"爱看《纽约时报》"[2]，她每天都认真阅读《纽约时报》新闻版，从上面了解最新的新闻资料。正因如此，她笔下的菲律宾人安纳克莱托才体现出"幼稚"与"女性化"特质。

首先，小说突出了安纳克莱托"小"的特征。当兰顿少校被派驻到菲律宾时，雇佣年轻的菲律宾男性做他们的居家男仆，这些"小男佣"[3]中的一员即是安纳克莱托。对于安纳克莱托的身高，小说并没有明确提及，但频繁使用的"小菲佣""小东西"等词汇，却在不断暗示着他身材矮小，而他经常受人欺负的经历，也进一步印证了这个事实。他刚到兰顿家时经常遭到其他男佣的欺负打压，但由于毫无还手之力和应对能力，所以只能哭哭啼啼地像小狗一样紧紧跟着女主人艾莉森，以至连个子娇小的艾莉森都被他这种可怜巴巴的样子所打动，不由心生怜悯与保护欲望，开始像对待豢养的宠物一样关照他，保护着他免受他人的欺凌与伤害。到兰顿家做居家男仆时，他虽然已经十七岁了，但"他病态、聪慧、惊恐的脸上分明是十岁孩子的无辜表情"[4]，这种已近成人却

① Lasco, Gideon. "'Little Brown Brother':Height and the Philippine-American Colonial Encounter(1898-1946) " [J]. *Philippine Studies:Historical and Ethnographic Viewpoints*, Vol. 66, No. 3, (September 2018):375-406.

② [美]卡森·麦卡勒斯．启与魅：卡森·麦卡勒斯自传[M]. 杨晓荣译．北京：人民文学出版社，2019:90.

③ [美]卡森·麦卡勒斯．金色眼睛的映像[M]. 陈黎译．上海：上海三联书店，2007:64.

④ [美]卡森·麦卡勒斯．金色眼睛的映像[M]. 陈黎译．上海：上海三联书店，2007:64.

稚气未消的神情使其像个永远长不大的孩子，即使在七年之后也仍旧是“婴儿化和去性化的西班牙语中的‘孩子’或英语中的‘男孩’”[①]，始终过着不成熟的成年人生活。

当与艾莉森偶尔离开哨所外出听音乐会时，他会把此类旅行、酒店住宿与外出就餐看成是“天大的乐事”[②]，每次都异常兴奋以致忘乎所以，“他身着橙色天鹅绒上衣，骄傲庄严地走进酒店的餐厅”[③]，不但服饰大胆、表情夸张，而且还不自量力地用极其有限的法语进行点餐，结果因词汇有限只点了“卷心菜、四季豆和胡萝卜”[④]，惹得“雪白衣领的侍者如同苍蝇聚在”[⑤]他的旁边进行围观，而他却因成功地吸引别人目光而兴奋过度，碰都不碰食物一下；在面对兰顿少校的蔑视与潘德腾上尉的敌意造谣时，他只会用孩童式的恶作剧表达愤怒不满，要么故意弄脏少校的军靴妄图使其在外人面前难堪，要么用砖头挡在少校等人外出必经之路上试图绊倒他们，除此之外，没有任何具有“杀伤力”的实质性反击措施；当听到艾莉森打算与少校离婚的消息时，他既不惊讶，也不难过，

① Rafael, Vicente L. *White Love and Other Events in Filipino History*[M]. Durham: Duke UP, 2000:70.

② [美]卡森·麦卡勒斯.金色眼睛的映像[M].陈黎译.上海：上海三联书店，2007:66.

③ [美]卡森·麦卡勒斯.金色眼睛的映像[M].陈黎译.上海：上海三联书店，2007:66.

④ [美]卡森·麦卡勒斯.金色眼睛的映像[M].陈黎译.上海：上海三联书店，2007:66.

⑤ [美]卡森·麦卡勒斯.金色眼睛的映像[M].陈黎译.上海：上海三联书店，2007:67.

只关心“然后我们去哪里”[①]这个问题，然后便好奇地想知道潘德腾夫妇对此事的反应，至于将来如何生存、如何谋生这一现实难题，他“沉思的小脸上乌云密布”[②]，但却百思不得其解，甚至天真地询问艾莉森能否在酒店里生活，最终，他也没有谋划出任何可行的方案。

由此可见，这个永远长不大的巨婴“小”兄弟，生理年龄虽然正常增长，心理年龄却早已停止发育，始终定格在幼稚不成熟阶段，既不能靠自己独立生活，又不能靠他人合理引导，只能一味地模仿白人艾莉森，成为一个彻头彻尾的模仿者。

其次，安纳克莱托从本质上被定性为一个“模仿者”。在美国殖民者的眼中，稚小的菲律宾人与周围环境的关系是直接和感性的，其内在性格是依靠外部刺激来塑造的，他们既没有原创思维，也缺乏深思熟虑的能力，只能通过接受教育和模仿追随优于他们的白人殖民者来改变这一种族自卑，因而，他们不但乐于学习外语，而且乐于接受欧美理念，形成天生“是爱模仿的”[③]种族性格。这种天生爱模仿的种族特征，使安纳克莱托在与艾莉森组成牢固的“仆人—女主人”关系后，非常热衷于跟随后者学习法语和亲近欧洲文化。艾莉森不但亲自教他学习法语，而且还送他到纽约附近的艺术学生联盟听课，不断培养他音乐、舞蹈、绘画等各方

① [美]卡森·麦卡勒斯.金色眼睛的映像[M].陈黎译.上海：上海三联书店，2007:72.

② [美]卡森·麦卡勒斯.金色眼睛的映像[M].陈黎译.上海：上海三联书店，2007:73.

③ Rafael, Vicente L. *White Love and Other Events in Filipino History*[M]. Durham: Duke UP, 2000:34-35.

面的兴趣，完全是“文化帝国主义依赖于美国中产阶级女性作为社会管家和文明力量”[①]的典型例子。好学的安纳克莱托在艾莉森的悉心教导下，不但在绘画方面展现出极高的天分，使参加学校画展上的“许多人折回头又去看他的作品”[②]，而且模仿她也模仿得非常相像，尤其是在说话方面近乎成为她的翻版，“他们的声音和发音惊人的相似，听上去像彼此轻柔的回声”[③]。然而，“由于种族限制，菲律宾人永远不会变得真正文明。”[④]在绘画方面，“他的绘画同时含纳了粗犷的原始与过分的精致，对观赏者发出了莫可名状的魅惑力。可是她无法让他真正严肃地对待自己的这份天才，她无法让他付出足够的勤奋”[⑤]；在模仿方面，不论他的模仿多么逼真相似，多么接近或趋同于他的殖民者，他与女主人之间的差异都是本质化的，他说话时“唧唧喳喳如连珠炮，艾莉森的声音却很有节奏，镇静而从容。”[⑥]这种几近相同却又截然相反的本质差别，

① Leong, Karen J. *The China Mystique:Pearl S. Buck,Anna May Wong,May ling Soong,and The transformation of American Orientalism*[M], California :University of California Press, 2005:8.

② [美]卡森·麦卡勒斯．金色眼睛的映像[M]．陈黎译．上海：上海三联书店，2007:99.

③ [美]卡森·麦卡勒斯．金色眼睛的映像[M]．陈黎译．上海：上海三联书店，2007:45.

④ Hoganson, Kristin L. *Fighting for American Manhood,How Gender Politics Provoked the Spanish-American and Philippine-American Wars*[M]. New Haven and London : Yale University Press, 1998:135.

⑤ [美]卡森·麦卡勒斯．金色眼睛的映像[M]．陈黎译．上海：上海三联书店，2007:99.

⑥ [美]卡森·麦卡勒斯．金色眼睛的映像[M]．陈黎译．上海：上海三联书店，2007:45.

使其只能“是一个模仿者……像只小猴子”[①],虽然可以机械僵化地“鹦鹉学舌”，但却不能推动自己的成长，更不能以此超越自身的种族局限，上升为与被模仿的白人殖民者完全一样的人。

不过，正是由于他们这种模仿者的本质与半文明现状，才使他们不断向美国白人发出监管的邀请，希翼获得强大帝国的庇护与救助。所以，当兰顿夫妇“准备回美国时，他哀求她带他一起走”[②]，希望籍此机会移民美国，彻底逃离痛苦、暴力的菲律宾，而艾莉森也同意了他的这个请求。这种“以温情的怀抱来收养和保护那些刚脱离了西班牙又被其他欧洲列强觊觎的太平洋沿岸的孤儿们”[③]的情节设置，象征性地再现了美国在菲律宾摆脱西班牙统治时所扮演的“拯救者”形象。

第三，安纳克莱托的男性气质被“女性化”。跟随兰顿一家来到美国的安纳克莱托，就像艾莉森那只名叫佩特罗尼乌斯的猫一样，“夏季结束前她不得不给‘他’的名字加上了一个阴性结尾，因为‘他’突然产了一窝小猫”[④]。小说起初没有明确暗示出安纳克莱托的性别，但“东方主义是一种与宗主国社会中男性统治或父

① [美]卡森·麦卡勒斯．金色眼睛的映像[M]．陈黎译．上海：上海三联书店，2007:99.

② [美]卡森·麦卡勒斯．金色眼睛的映像[M]．陈黎译．上海：上海三联书店，2007:64.

③ Rafael, Vicente L. “White love：Surveillance and Nationalist Resistance in the U.S. Colonization of the Philippines” [A]. Cultures of United States Imperialism[M]. Ed. A. Kaplan and D. E. Pease. Durham, NC: Duke University Press, 1993:185.

④ [美]卡森·麦卡勒斯．金色眼睛的映像[M]．陈黎译．上海：上海三联书店，2007:134.

权制相同的实践：东方在实践上被描述为女性的”[①],即使是对东方男性的描述，也经常赋予其强烈的女性化特征。因此，安纳克莱托这个“由白人殖民式凝视构建的东方男性的性别形象”[②],自始至终被描述为“与女人联系在一起的依赖性角色”[③],其生活情趣和性格都被赋予了强烈的女性特征。他作为一个二十三岁的成年男人，不但身体羸弱，性格脆弱，而且整日沉湎于服饰与外表等女性化的爱好与兴趣之中，喜欢鲜花、亚麻、衣服等带有装饰性的东西，更热衷于芭蕾舞蹈，经常独自步态优雅沉着地跳舞，显得过于女性化，完全不想强健体魄增添男性阳刚魅力，“与美国和南方军队中明确界定的男性气质截然相反”[④]。他这种缺乏男性气概的状况，使身为一家之主的兰顿非常着急，觉得自己负有纠正他性别秩序的义不容辞的责任，因而，多次吓唬说要把他弄到军队里去，让可以强化男人男性气质的美国军队把“他身上的那些莫名其妙统统赶走”[⑤],即使他因此过得非常悲惨也值得,因为这样可以把他训练成一个体格健壮的阳刚男人。这种硬要“勉强把方桩插进圆孔

---

① [美]爱德华·W.萨义德.东方主义再思考[A].后殖民主义文化理论[M].罗钢，刘象愚，主编.北京：中国社会科学出社，1999:17.

② Miho, Matsui. “Reflections in a Filipino’s Eye:Southern Masculinity and the Colonial Subject” [J]. *A Quarterly Journal of Short Articles,Notes,and Reviews*, Vol.26, No.2, (2013):121-127.

③ Hoganson, Kristin L. *Fighting for American Manhood,How Gender Politics Provoked the Spanish-American and Philippine-American Wars*[M]. New Haven and London : Yale University Press, 1998:137.

④ Miho, Matsui. “Reflections in a Filipino’s Eye:Southern Masculinity and the Colonial Subject” [J]. *A Quarterly Journal of Short Articles,Notes,and Reviews*, Vol.26, No.2, (2013):121-127.

⑤ [美]卡森·麦卡勒斯.金色眼睛的映像[M].陈黎译.上海：上海三联书店，2007:134.

里”[①]的粗暴想法，使安纳克莱托深深感受到“西方与东方之间存在一种权力关系，支配关系，霸权关系”[②]，但却无力挣脱，只能在艾莉森死后“干脆地消失了”[③],以别人不知其终的方式完成了对种族权力微弱而终极的反抗。

在此，安纳克莱托完全符合西方对亚洲男性“女性化”的认识模式，实现了西方人在东方主义视野中对东方人的期许。借助于二元对立的权力话语模式，美国人被赋予了成熟、伟岸和阳刚的男性特质，弱小的菲律宾人则表现出了如西方人心目中的东方女子的性格特征——感性、幼稚和柔弱，在“男性特质”上与西方白人男子不可同日而语。而且，这种二元对立的权力话语模式还将东西方放置于一种比较的框架中，以安纳克莱托为隐喻的东方菲律宾落后柔弱，而以兰顿少校为象征的西方美国则文明强大，使东西方之间存在着巨大的差异和强烈鲜明的对比。在这种差异对比中，东方的菲律宾不仅成为美国自我映照的镜鉴，也成为其确认和强化自身的政治经济优势和民族文化自信的对象，甚至还为菲律宾需要美国征服和救赎的殖民观念提供了合理的历史诉求。

可见，在安纳克莱托的形象特质方面，麦卡勒斯与当时的很多欧美作家一样，将这种种族差异的概念通过性别的术语来进行表达：“强大的西方与阳刚的男子气概联系在一起，从属的东方与

① [美]卡森·麦卡勒斯. 金色眼睛的映像[M]. 陈黎译. 上海：上海三联书店，2007:134.

② [美]爱德华·W. 萨义德. 东方学[M]. 王宇根译. 北京：生活·读书·新知三联书店，2013:8.

③ [美]卡森·麦卡勒斯. 金色眼睛的映像[M]. 陈黎译. 上海：上海三联书店，2007:131.

消极的女性气质联系在一起。”[①] 凭借这种西方式想象，她通过运用这种与成熟度和性别有关的等级观念，将幼稚和“孩子气的品质赋予亚洲人”[②]，而把美国塑造成具有成熟阳刚气质的男性国家，使两者形成截然不同的鲜明对比与强烈反差。因而，在这种存在权力和差异的美菲关系中，强大的西方与成熟和阳刚的男性气质相连，而从属的东方则与幼稚和消极的女性气质联系在一起，经由这样一种性别认知的转换，不但弱化了美菲之间曾经存在的敌对心态，而且把菲律宾视作是需要美国引领与保护的附属物，并通过对菲律宾这样弱小国家进行的所谓道德和政治守护，将美国全球扩张的帝国实质漂白成“人道”或“必要”的正义之举，从文学想象的层面强行完成了美化国家扩张的角色粉饰。

第三节　“神秘化”的犹太人

麦卡勒斯文学创作的主要阶段正处在法西斯主义和反犹主义文学盛行的时期。这一时期，犹太人遭到美国主流意识形态的排斥和贬抑，在政治、经济和宗教等各个方面都遭受压迫、剥削甚至是迫害，使他们深陷于悲惨的困境之中。面对这种极端和非人道的社会风气，麦卡勒斯声称她谴责“容许这样的堕落发生的社

① Yoshihara, Mari. *Embracing the East: White Women and American Orientalism*[M]. New York:Oxford University Press, 2003:4.

② Adas, Michael. *Machines as the measure of men: Science, Technology, and Ideologies of Western Dominance*[M]. Ithaca, NY: Cornell University Press, 1989:307.

会"[①]，对现实中的犹太人朋友充满了友好与同情，并与他们建立了深厚的私人友谊。尽管如此，她却没有将生活在南方的犹太人视为南方"白人"。在她看来，南方"白人"不仅是白色人种，还是具有政治、经济、文化优越感并占据统治地位的群体。因而，犹太人虽是白色人种，但却不具有成为南方"白人"的其他标准，只能是和黑人一样，成为种族上的"他者"。正因如此，秉持"除非角色是南方人，否则我几乎不让他们开口说话"[②]的创作理念的她，虽然对遭受反犹迫害至深的犹太人群予以积极观照，塑造了一系列鲜明独特的犹太人形象，使它们既不同于反犹文学所歪曲附会的那般灰色、负面与丑陋，也迥异于犹太作家自己所构建的正面与多元，而是充满了强烈的张力色彩。她在赋予犹太人"智慧和受难"[③]突出特征的同时，也为他们烙印上神秘化的东方主义印记，通过对独具特质的犹太文化展开丰富的想象，使其呈现出神秘化的色彩。

首先，犹太人被赋予了"聪明智慧"的族裔特质。麦卡勒斯"以智慧和受难为标志来界定"犹太人的身份，塑造了一系列拥有聪明头脑和超越精神的"喜深思、爱探求"[④]的智者形象。《心是孤独的猎手》中的哈里·米诺维兹是个正统的犹太人，他不但拥有很

---

① [美]弗吉尼亚·斯潘塞·卡尔.孤独的猎手：卡森·麦卡勒斯传[M].冯晓明译.上海：上海三联书店，2006:234.

② [美]卡森·麦卡勒斯.麦卡勒斯：抵押出去的心[M].文泽尔译.北京：人民文学出版社，2012:205.

③ Hershon,Larry. "Tension and Transcendence: 'The Jew' in the Fiction of Carson McCullers" [J]. *The Southern Literary Journal*, vol. 41, no. 1 (Fall 2008):52-57.

④ Hershon,Larry. "Tension and Transcendence: 'The Jew' in the Fiction of Carson McCullers" [J]. *The Southern Literary Journal*, vol. 41, no. 1 (Fall 2008):52-57.

强的语言天赋，而且还有极强的学习能力，因而“在语法学校他跳了两级，十一岁时就准备上职业学校了”①，并且是“职业学校数学和历史课上最聪明的学生。”②虽然他后来停了整整一年学，但却一直拥有很强的修理技能，“能修任何东西。街区的女士们请他修坏了的电灯或缝纫机。”③可见，精细的修理工作既是他动手能力强的表现，也是他大脑聪明与发达的反映；在《没有指针的钟》中，白人药师 J.T. 马龙记起上医学院时，“班上有许多刻苦读书的犹太学生。他们的成绩都在年级平均水平之上”④，尤其是“在他座位对面有一个学生是犹太人，名字叫列维……那是一个刻苦读书的犹太人，他的成绩是 A+，他每晚在图书馆里学习，直到关门。”⑤正是由于特别重视学习，这些犹太学生才会非常勤奋刻苦，不停地努力学习，导致他们的学习成绩普遍较好，都达到了年级平均水平之上。

优秀的成绩成为犹太人头脑聪慧的标识，而勤于哲理性思考和拥有过人的艺术天赋，更成为犹太人富有智慧的象征。《心是孤独的猎手》里的布瑞农只有八分之一的犹太血统，其“母亲的祖父是阿姆斯特丹的犹太人。但我其他的亲戚都是苏格兰人和爱尔

① [美]卡森·麦卡勒斯．心是孤独的猎手[M]．陈笑黎译．上海：上海三联书店，2007:235.

② [美]卡森·麦卡勒斯．心是孤独的猎手[M]．陈笑黎译．上海：上海三联书店，2007:155.

③ [美]卡森·麦卡勒斯．心是孤独的猎手[M]．陈笑黎译．上海：上海三联书店，2007:235.

④ [美]卡森·麦卡勒斯．没有指针的钟[M]．金绍禹译．上海：上海三联书店，2007:7.

⑤ [美]卡森·麦卡勒斯．没有指针的钟[M]．金绍禹译．上海：上海三联书店，2007:7.

兰人混合的后裔。”[①] 严格说来，这种母系的犹太血统根本不能使他成为一个犹太人，但他不停地思考战争、生活以及有关生死的重大哲学问题，使其看起来“像德国的犹太人”[②]，尤其是在妻子艾莉斯死后的第二天上午，他更是一边在楼上干缝纫活，一边思考众多个为什么，“相爱的人，有一方去了，为什么剩下的那一个不追随自己的爱人而去呢？仅仅是因为活着的要埋葬死去的？因为那些必须完成的有条不紊的葬仪？……为什么？”[③] 对爱、责任与义务等问题进行了深入思考，带有犹太人喜深思的典型印征；在《神童》中，犹太人海密是一位被称为神童的小提琴家，他才华横溢，十三岁时就取得了骄人的成绩，不但练就了纯熟精湛的演奏技巧，而且还能准确恰当地体悟到音乐中所蕴藏的丰富内涵，能够完美无缺地演绎出音乐本身的生命力，因而，还不到十五岁就已成为小提琴界名副其实的最“年轻的大师”[④]，受到了媒体的热情赞誉。

上面提到的这些犹太人形象，不论是普通的犹太学生，还是杰出的音乐天才，都既天资聪颖，又努力勤奋，最终也都取得了非常耀眼的成绩，成为犹太人拥有聪明头脑与非凡智慧的最佳例证。不过，勤奋刻苦虽然是他们功成名就的主因，但人们更容易忽略他们的人为付出，而愿意接受他们是天才的说法。因而，这

① [美] 卡森·麦卡勒斯. 心是孤独的猎手 [M]. 陈笑黎译. 上海：上海三联书店，2007:215.

② [美] 卡森·麦卡勒斯. 心是孤独的猎手 [M]. 陈笑黎译. 上海：上海三联书店，2007:215.

③ [美] 卡森·麦卡勒斯. 心是孤独的猎手 [M]. 陈笑黎译. 上海：上海三联书店，2007:117.

④ [美] 卡森·麦卡勒斯. 伤心咖啡馆之歌——麦卡勒斯中短篇小说集 [M]. 李文俊译. 上海：上海三联书店，2007:77.

些犹太人所拥有的超常智慧以及在智力取向活动中的优势地位，不但强化了他们的天才色彩，而且使他们的非同寻常蒙上了一层神秘的面纱，极大地拓展了人们对其独特文化的想象空间。

其次，犹太人的饮食习惯与生活习俗被扑拓上一层“神秘化”色彩。作为人类生存的首要条件，饮食一直伴随着人类社会的发展与进步，浸透着浓厚的社会属性，从最日常最细微的维度体现了一个民族的创造精神和文化风貌，犹太人的饮食也是如此。由于受犹太教饮食教规的影响，犹太人的饮食呈现出禁忌多与规矩多的特点，与非犹太教徒的饮食习惯有着巨大差异，而“主流美国人经常以饮食习惯作为区分次文化群体的因素，他们在与自己的饮食习惯不同的‘他者’的传统菜式和用料中发现一套归类族裔和区域性格的方便之法”[①]，将千差万别的饮食习惯与文化、宗教甚至意识形态相关联，使看似正常的饮食爱好在西方的文化背景之中成为与众不同的他者形象，导致食物在某种程度上成为犹太民族独特民族文化的承载者。

《伤心咖啡馆之歌》中的莫里斯·范因斯坦与一般美国南方人的饮食完全不同，他“每天都吃发得很松的面包和罐头鲑鱼”[②]，圆面包和鲑鱼是犹太人爱吃和常吃的食物，但美国南方人却很少食用，因而觉得他的日常饮食比较特殊少见，而他每天都不变花样只吃这两样食物的行为更是令他们迷惑不解，对其颇为怪异的饮

① Brown, Keller Linda. and Mussell, Kay. eds. Ethnic and Regional Foodways in the United states:The Performance of Group Identity[M]. Knoxville: University of Tennessee Press, 1984:3.

② [美] 卡森·麦卡勒斯 . 伤心咖啡馆之歌——麦卡勒斯中短篇小说集 [M]. 李文俊译 . 上海 : 上海三联书店 , 2007:7.

食习惯充满好奇;《心是孤独的猎手》中的哈里家“吃的是地道的犹太食品”[①],所以,当米克与他去郊游野餐时,认为他会带些稀奇古怪的食物,像“冷猪肝布丁、鸡肉沙拉三明治和馅饼”[②]这些带有异国风情的食物,既新鲜刺激,又别样独特,完全不同于自己日常食用的普通食物,因而感觉这是一顿很棒的野餐,并且对自己所带的普通食物感到羞愧;《没有指针的钟》里的马龙太太,从事快餐食品供应生意,为了扩大顾客人群,开始“琢磨她的‘马龙太太三明治’——肉头厚、符合犹太教规的洁净可食的鸡(这种鸡是否犹太种到无所谓)”[③],打算制作犹太食品。可见,在对犹太人饮食习惯的行文描述中,作者有意省略食物的果腹功能,着重突出它们与宗教信仰和民族特性的紧密相联性,使日常食物沾染上宗教和民族色彩,成为彰显宗教、民族与文化差异的符号。

在生活习俗方面,《心是孤独的猎手》中的斯伯尔瑞布斯,将道听途说的习俗安置在犹太人身上,以为当一个犹太男孩出生时,家人会在银行给他存一块金条,因而追问哈里金条的事情。米克也很“珍视对犹太人生活所持的浪漫观点”[④],当她通过窗户看到忙于工作的哈里母亲时,觉得她充满了神秘感,无论何时都是“你

① [美]卡森·麦卡勒斯. 心是孤独的猎手[M]. 陈笑黎译. 上海:上海三联书店,2007:254.

② [美]卡森·麦卡勒斯. 心是孤独的猎手[M]. 陈笑黎译. 上海:上海三联书店,2007:255.

③ [美]卡森·麦卡勒斯. 没有指针的钟[M]. 金绍禹译. 上海:上海三联书店,2007:133.

④ Hershon,Larry. “Tension and Transcendence: ‘The Jew’ in the Fiction of Carson McCullers” [J]. *The Southern Literary Journal*, vol. 41, no. 1 (Fall 2008):52-57.

看她时，她从不抬头”[①]。哈里母亲为了生计，在一家裁缝店里打工，即使休息时间也经常把活计拿回家，整日俯身在一只熨斗或一台缝纫机上，一刻也不停地埋头工作，但她这种辛勤劳作的情形，却成为了不了解实情的米克眼中的风景，不但在其身上添加上神秘的光环，而且感觉她时刻充满了神秘感。米克借助“看”这个动词，将自我与被看的对象区分开来，以看者的姿态建构起自己有别于被看者的身份，进而通过这种看者的姿态单方面地对犹太人的生活进行审视、想象和臆构，而第二人称“你”的运用，更是体现了一种共指身份，使表述者的个人经历或感受带有了一定范围的普遍性，令读者产生一种感同身受的真实卷入感，“愿意依赖这些典型的非犹太人虚构出的神话”[②]，对犹太人独特的异质文化族群的差异性魅力展开丰富的想象。

由此可见，麦卡勒斯“以浪漫的笔触赋予了犹太人以超脱尘世的身份特征”[③]，对他们的饮食习惯与生活习俗进行了神秘化色彩的晕染，使原本普通的饮食习惯与纯粹的日常生活演变为承载着宗教、民族与文化特性的特定习惯，在淡化它们原始起初的特质的同时，增强了它们独特、古怪与神秘的气息，籍此开启和引发着美国南方人对他们进行无限的遐思。

第三，犹太人被刻显为受迫害的“受难者”形象。在短篇小

① ［美］卡森·麦卡勒斯．心是孤独的猎手 [M]. 陈笑黎译．上海：上海三联书店，2007:262.

② Hershon,Larry. “Tension and Transcendence: ‘The Jew’ in the Fiction of Carson McCullers” [J]. *The Southern Literary Journal*, vol. 41, no. 1 (Fall 2008):52-57.

③ Hershon,Larry. “Tension and Transcendence: ‘The Jew’ in the Fiction of Carson McCullers” [J]. *The Southern Literary Journal*, vol. 41, no. 1 (Fall 2008):52-57.

说《外国人》中，麦卡勒斯塑造了一个遭受纳粹迫害被迫流亡到美国的犹太人——菲利克斯·克尔的形象。他作为一个曾生存在慕尼黑的犹太人，虽幸运地逃脱了纳粹的政治迫害，漂洋过海来到了美国，暂时处于安全之中，但无辜被害的政治恐惧和妻离子散的现实境遇，使他过着毫无尊严和幸福的非人生活，只能自我麻木和谨小慎微地苟活于世，时刻小心谨慎地不越过自己的座位界限。在与邻座青年短暂与友好的即景闲谈中，邻座青年热情直爽地向他敞开心扉，将自己的内心愿望与情感等和盘托出，而他却一直心存戒备，吞吞吐吐。他这种心事重重地谨言慎行，既暴露出他遭受迫害后的痛苦与恐惧，又反映出他对叵测难料未来的忧心忡忡。身为"外国人"兼"外乡人"的他，只身奔赴保守、封闭的美国南方，虽然内心深处充满了对安稳家园的渴望，但现实中家"有却似无"的实际情况，使他深深地感受到自己注定"不是一个普通的旅者……旅行的时间不会以小时来计算，而是以年来计算——路程不是几百英里，而是上千英里。甚至像这样的衡量尺度,也只是就某种意义而言"[①],难以准确丈量他长途接短途的、无法用地图和时间来衡量的逃亡之旅。对于他这种无家可归、漂泊不定的流亡之旅，全知叙述者将其定性为"更接近于一种心理状态的旅行"[②]——既不会因此次客车的到站而结束，也不会因现实旅程的结束而停止，而是永远流浪在路上，不知终于何时、止

① [美]卡森·麦卡勒斯.麦卡勒斯：抵押出去的心[M].文泽尔译.北京：人民文学出版社,2012:63.

② [美]卡森·麦卡勒斯.麦卡勒斯：抵押出去的心[M].文泽尔译.北京：人民文学出版社,2012:63.

于何处。

尽管菲利克斯·克尔作为移民到此的外来族群，生活中充满了无助、失落与无所适从，身心皆处于漂泊无定的流浪状态，但对于他在客车偶遇的旅伴——一个终日劳作、久困南方的青年农民来说，由于身心皆被现实束绊，不能随心所欲地想走就走，因而在不知他犹太人身份与可怕遭遇的情况下，对其来自陌生的异国他乡并去过自己心仪已久而却无法前往的巴黎时，充满了羡慕与仰望，不时用“崇拜的神情”[①]看着他。这个青年既不是因为巴黎的女孩，也不是因为巴黎的建筑，而是因为自己一直莫名其妙的感觉，而特别渴望前往巴黎，对他来说，巴黎是他“一直想去的地方之一……我这一生一直都想要去趟法国巴黎。”[②]但反讽的是，这个青年虽然对异国巴黎着迷不已，但他离家最远的旅行也就是这次旅行，旅程是一百零八英里。可见，这两位旅客，一个想要有个安稳的家，却被迫漂泊与流浪，一个渴望到处旅行，却注定要困守一隅，完全是两种截然不同的处境与困境。

因而，对于犹太人的现实流亡，作者既突出了犹太外乡人“在路上”的漂泊感和急盼回家而却不知家在何处的感伤，凸显出个人乃至整个世界对犹太人悲惨遭遇的同情，又暗示出了困守南方的美国人对于犹太人能够“自主自如”地进行跨国旅行的羡慕与向往，隐约透露出南方人对于诗意远方的内心热望和浪漫想象。

---

① [美]卡森·麦卡勒斯. 麦卡勒斯：抵押出去的心 [M]. 文泽尔译. 北京：人民文学出版社, 2012:62.

② [美]卡森·麦卡勒斯. 麦卡勒斯：抵押出去的心 [M]. 文泽尔译. 北京：人民文学出版社, 2012:67.

正是这种缺乏全面信息的不了解，才使古老的犹太文明与年轻的美国文化没有产生过真正的沟通，也从来没有真正地走进过对方，不管它表面上看来是多么贴进，它仍然被遮隔于西方之外，始终在文化上是神秘莫测的。

第六章　卡森·麦卡勒斯的东方主义书写动机

麦卡勒斯在对黑人、菲律宾人和犹太人等少数族裔进行描述时，虽然富含同情和赞赏之心，但自始至终将他们视为与自己截然不同种族的“他者”。这种矛盾性的情感，既使其话语表现方式充满了张力，又使其“隐蔽的东方主义”倾向昭然若揭。这种东方主义倾向，一方面是美国试图将东方作为自我映照的镜鉴，反省自身存在的缺陷与不足；另一方面，他们又在这种对比中进一步确认和强化自身的政治经济优势和民族文化自信，借以构建起美国拯救东方的救世主形象；当然，这也极大地满足了西方对东方的猎奇心理。

第一节　映照美国文明的缺陷与不足

种族问题一直是美国南方社会绕不过的话题。自殖民时期对黑人的罪恶贩卖开始，南方就建立了以黑人族群为基础的经济体系。它通过蓄奴制和种族主义把黑人牢牢地束缚在南方的土地上，强迫他们于南部诸州的棉花、甘蔗种植场和矿山当苦工，使他们饱受白人种族主义者的残酷剥削和虐待。因而，在南方繁荣的种植园经济背后，是成千上万黑人族群几百年的血泪史，即使在南北战争结束之后，黑人的处境问题也未能得到解决，依然遭受着严重的种族歧视与压迫。这些歧视与压迫黑人的思想就像幽灵一样始终徘徊在美国南方上空，长久挥散不去，带着嘲讽贬低意味的“吉姆·克劳法”就是典型的例子。吉姆·克劳法，“泛指1876年至1965年间，美国南部各州以及边境各州对有色人种(主要针对非洲裔美国人，但同时也包含其他族群)实行种族隔离制度的法律”[①]，它虽然奉行“隔离但平等”的原则，但强制公共设施必须依照种族的不同而隔离使用的种族隔离政策，却使黑人等有色人种所能享有的部分与白人相较往往是比较差的，这在很大程度上，导致他们长久以来不但居住在较差的生活环境中，而且在经济、教育和社会地位等方面都处于弱势。

在麦卡勒斯看来，南方这种人为的社会体系与制度，既使南方人在精神上更加孤独疏远，也使自己内心充满了特殊的罪恶感。不论是她在佐治亚州与法耶特维尔的亲眼目睹，还是在书本或报纸新闻中的间接获知，都使她深感这种种族主义的不公正与缺乏人道。尤其是当她十几岁时，有两本书引起了佐治亚公众对本州暴行的注意：“一是1932年罗伯特·E.伯恩斯的《我是乔治亚监狱的逃犯》，他在书中记录了他在监狱中所经历的各种遭遇，这本书在麦卡勒斯十几岁的时候，在城里的莫斯科吉县图书馆里就能找到；二是同年出版的约翰·斯皮瓦克的《乔治亚州的黑鬼》，它也非常有可能影响了已经十五岁的麦卡勒斯”[②]，尤其是其中有关佐治亚州当局对拴着铁链的囚犯们进行长期且蓄意暴虐对待的传统，

① 吉姆·克劳法 [OL].https://baike.so.com/doc/6649724-6863542.html.

② Whitt, Margaret. “From Eros to Agape:Reconsidering the Chain Gang’s Song in McCullers’s ‘Ballad of the Sad Café’” [J]. *Studies in Short Fiction,* Vol.33, No.1, (1996):119-122.

让她真切感触到黑人们受虐刑的程度比白人囚犯更为残酷。因而，在她的处女作《心是孤独的猎手》中，她描写了黑人男孩威利入狱后的可怕遭遇。他因与另一男孩争风吃醋打架，而被关进了黑玛利亚拘留所，三个月后“他被定了使用致命武器袭击罪，判了九个月的苦力，”[①] 立刻被送到本州北部的监狱服刑。他在监狱服刑时，遭到了白人警察的严重虐待。白人看守把他们扔进冰窟，让他们“脱了鞋，把光脚绑在绳子上。威利和男孩们躺在地上，脚在空中。他们的脚肿得老高，在地上滚，大喊大叫。屋子里冰冷，他们的脚冻成了冰……喊了三天三夜。没有人来。”[②] 等到后来被送到医院时，医生发现他们的腿已经冻成了冰，并且坏疽，只能锯掉了他的两只脚，导致他终生残废。威利虽然在工作时偶尔会偷懒，但平时并无任何劣性，打架斗殴也并非十恶不赦的重罪，但却在监狱服刑的短短九个月时间里，遭受了世间最为野蛮的悲剧，淋漓尽致地展现了浸透着种族歧视的执法与司法领域的惨无人道。

如果说监狱作为暴力机器，是黑人罪犯居处的极端地狱，那么，美国南方社区，则是一般黑人居民生存的人间“地狱”。他们不但被限制居住范围，而且被限制公民权利，即使使用公共设施也受到隔离限定，在吃饭、坐车、上学、住院等众多方面都受到限制，导致他们的人生变得黑暗无光。对此种现状，她在后来的自传中明确说：“《心是孤独的猎手》写了两年，我也思考了两年

① [美] 卡森·麦卡勒斯. 心是孤独的猎手 [M]. 陈笑黎译. 上海：上海三联书店，2007:132.

② [美] 卡森·麦卡勒斯. 心是孤独的猎手 [M]. 陈笑黎译. 上海：上海三联书店，2007:241.

南方的丑恶一面，比如白人对黑人的那些做法”[①]。在作品中，黑人大都居住在离主街很远的地方，其聚集的街区“分散在小镇四处，散发出难闻的气味”[②]，而与此较远的富人区，则有“雄伟老式的房屋，有白色的圆柱和锻铁编的繁复的篱笆。”[③]两相对照，既形成了黑白与贫富的鲜明对比，又体现了居住空间的种族色彩与排外标记。在就业和收入方面，黑白之间也存在着巨大差距。尽管麦卡勒斯笔下的白人多是中下层的普通白人，生活也较为艰辛不易，但他们要么经营着商店或旅店，要么拥有着药房或珠宝铺子，多少都有着自家的实业或产业，基本能够维持正常的生活。但在众多的黑人形象中，除了考普兰德医生之外，其他人则多从事没有什么知识技术含量的工种——零工、杂役、厨娘或保姆，虽然工作时间长，劳动强度大，但经济收入却少的可怜，只能勉强维持基本的生存，无法奢谈其他。对这些在各个方面都处于社会底层的黑人来说，不但活得很艰难，而且生命安全也得不到任何保障，经常遭受着死亡的威胁，草菅人命的事情时有发生。“一个黑人孩子被处以私刑，就因为一个白人妇女说他朝她吹口哨。因为一个白人妇女说她不喜欢黑人看她的那种眼神，所以这个黑人就被一名法官判了刑。”[④]虽然没有任何的犯罪行为实施，也没有任何的伤

① [美]卡森·麦卡勒斯．启与魅：卡森·麦卡勒斯自传[M]．杨晓荣译．北京：人民文学出版社，2019:76.

② [美]卡森·麦卡勒斯．心是孤独的猎手[M]．陈笑黎译．上海：上海三联书店，2007:190.

③ [美]卡森·麦卡勒斯．心是孤独的猎手[M]．陈笑黎译．上海：上海三联书店，2007:190.

④ [美]卡森·麦卡勒斯．没有指针的钟[M]．金绍禹译．上海：上海三联书店，2007:183.

害发生，有的只是白人妇女的个人感受，而就是她的私人感受却成为宣判的依据，导致一个活生生的黑人孩子被无辜对待，随意处置。

面对这种种族隔离与种族歧视的现状，像鲍蒂娅和贝丽尼斯这样的黑人选择逆来顺受，安分守己地勉强度日，而考普兰德医生和舍曼则选择了为公平而抗争。每每看到黑人同胞的生活惨状，考普兰德体内黑色的情感就不断膨胀，“他不停地走家串户，宣讲他的使命和真理。他的同胞绝望的生存让他发狂，心里产生了野蛮和邪恶的摧毁欲。有时他喝烈酒，以头抢地。在他的内心里有一股狂野的暴力，有一次他抓起炉边的火钳，把他的妻子打倒在地上”[①],疯狂地宣泄自己无法改变家人及族人现状的挫败感。对他而言，美国南方“现在就是法西斯主义，而且一直都是”[②]，所以他才时刻保持着尊严、时刻准备着战斗，坚定决绝地和白人抗争到底，但只有到了他病重之后，他才开始意识到“试图单打独斗，是一个人能做出的最致命的事”[③],转而计划着带领他们县“一千多名黑人去游行。去华盛顿游行。”[④] 如果说考普兰德的抗争更多表现在精神领域，几乎没有实际的行动，舍曼的抗争则更多地付诸于实践。在受到老法官复辟蓄奴制梦想的打击和知晓自己身世的刺

① [美]卡森·麦卡勒斯.心是孤独的猎手[M].陈笑黎译.上海：上海三联书店，2007:136.

② [美]卡森·麦卡勒斯.心是孤独的猎手[M].陈笑黎译.上海：上海三联书店，2007:284.

③ [美]卡森·麦卡勒斯.心是孤独的猎手[M].陈笑黎译.上海：上海三联书店，2007:288.

④ [美]卡森·麦卡勒斯.心是孤独的猎手[M].陈笑黎译.上海：上海三联书店，2007:288.

激下，他脑子里只有“对着干，对着干，对着干”[①]的想法，不但在广场、厕所和教堂等公共设施处贸然打破种族隔离的政策，还堂而皇之地租住了白人社区的房子，搬到了白人居住区最边缘最破旧的房子里，结果死在了白人的炸弹之下，断送了自己的年轻生命。可见，白人主流意识形态虽然高举人道主义的精神旗帜，宣扬民主、自由、平等的“普世价值”，但在对待拥有庞大数量的黑人族群这一重大问题上，却正好反其道而行之，不但在现实的政治实践和社会生活中处处设有种族主义和民族主义的樊篱，而且还不断地对少数族裔进行排斥、限定和迫害。

白人极端种族主义者们认为，白皮肤是与生俱来的社会身份，他们借此界定了一系列诸如政治、文化和权力等各方面的种族边界，显示出美国南方社会种族伦理的矛盾、狭隘与偏激。正是由于认识到美国社会的这一顽疾，麦卡勒斯才会用艺术之笔不断暴露“南方白人的罪行”[②],极力尝试将少数族裔作为反省美国主流文化的一个参照系，力图通过他们的“缺陷”来反省和审视白人自身存在的不足。《没有指针的钟》出版于1961年，而这一年恰好是美国南北战争爆发的一百周年，这个时间节点非常明显地表现出她对种族痼弊的深刻思考。在她这部最后的长篇小说中，年逾八十的老法官克莱恩一直心怀复辟奴隶制的梦想，企图动用一切社会力量阻挡种族关系的变革，他常常说的就是“黑就是黑，白

① [美]卡森·麦卡勒斯．没有指针的钟[M]．金绍禹译．上海：上海三联书店，2007:237.

② Groba, Constante González. "'So Far as I and My People Are Concerned the South Is Fascist Now and Always Has Been': Carson McCullers and the Racial Problem" [J]. *Atlantis* (Salamanca, Spain)，Vol.37, No.2, (2015):63-80.

就是白，假如我能阻止，两者就不会走到一起来”[①]，固执地不愿正视现实，不愿接受社会的发展。对他而言，时光虽然前进了一百年，但他就像没有指针的钟一样，依旧停留在一百年前。因而，面对舍曼公然搬进白人社区居住的种族挑衅行为，他丝毫不顾及往日情分甚至是救命之恩，也完全忘记了自己儿子当年就是因无法忍受白人社会对黑人的极端不公正愤而自杀的惨剧，在第一时间与自发的白人们聚集在马龙药房里，以一连串的发问和强有力的演说煽动着他们。“各位市民，这座城市难道就没有居住区划片的法律了吗？你们要漆黑的黑鬼搬到你家隔壁来住吗？你们要让你们的孩子挤在公共汽车的后面，倒让漆黑的黑鬼坐在车子前面吗？你们要叫你们的妻子背地里跟黑鬼男人乱搞吗？”[②]由于深谙白人对黑人防范的根源，他在演说中故意把居住空间上的相邻延伸到日常生活甚至是婚姻家庭之中，并以此牵扯出公共秩序和家庭秩序双双失序的危害，以此激起在座白人对于黑人的极端厌恶与强烈仇恨。因而，在座的白人中不时传出几声“不行。他娘的，不可以”[③]，最终使穷得只剩下白人身份的萨米·兰克主动请缨去执行炸死舍曼的任务。

白人这种仇恨的思想与极端的行为正好印证了舍曼对白人的

① [美]卡森·麦卡勒斯．没有指针的钟[M]．金绍禹译．上海：上海三联书店，2007:187.

② [美]卡森·麦卡勒斯．没有指针的钟[M]．金绍禹译．上海：上海三联书店，2007:246.

③ [美]卡森·麦卡勒斯．没有指针的钟[M]．金绍禹译．上海：上海三联书店，2007:246.

偏见,他一直以来都深信"所有南方的白人都是疯子。"[①] 在他的印象中,"所有的白人都是疯子,他们的地位越高,他们的言语行为就越古怪。在这件事情上,舍曼认为他掌握着冷静和冷酷的真理。政治家们,从州长到国会议员,从县治安官到行政长官,他们在偏见和暴力方面,都是一个样的。"[②] 的确,在这桩凶犯明确、事实清楚的刑事案件发生后,犯下杀人罪行的凶犯萨米·兰克却一直逍遥法外,没有受到任何法律的制裁或惩罚。唯有白人少年杰斯特心怀公正之心,而且非常念及舍曼的友情,怀揣手枪前往萨米·兰克家想为他报仇,但却被兰克家一大串幼小的孩子所震惊而心生同情,最终扔掉手枪放弃了报仇。可见,死者虽逝,生者照旧,时间虽然前进了一百年,但公正和人性仍然一如既往地如百年前那样匮乏。

"在卡森看来,乔伊斯五十年前描写的有关都柏林的思想贫乏、道德愚昧的主题看起来跟当今美国的现状非常相似"[③],美国的黑人也已经厌倦了无法兑现的承诺、严重的失业状况和粗陋的生存条件,但"暴乱、抢劫、杀戮——所有一切似乎都是自杀行为,黑人甚至跟黑人对抗起来。"[④] 对黑人的苦难感同身受的她于 1966 年 11 月完成了有关黑人三部曲的第一部《游行》,另外两部《楼

① [美] 卡森·麦卡勒斯. 没有指针的钟 [M]. 金绍禹译. 上海:上海三联书店, 2007:182.

② [美] 卡森·麦卡勒斯. 没有指针的钟 [M]. 金绍禹译. 上海:上海三联书店, 2007:181.

③ [美] 弗吉尼亚·斯潘塞·卡尔. 孤独的猎手:卡森·麦卡勒斯传 [M]. 冯晓明译. 上海:上海三联书店, 2006:535.

④ [美] 弗吉尼亚·斯潘塞·卡尔. 孤独的猎手:卡森·麦卡勒斯传 [M]. 冯晓明译. 上海:上海三联书店, 2006:535.

上的男人》和《安静，小宝贝》还在创作之中。《游行》发表于1967年3月的《红皮书》杂志上，是她生前发表的最后一部短篇小说，讲述了一个有关公民权利的故事。虽然这篇小说在很多人看来，并没有达到她过去那些小说的水平，但她本人却非常喜欢，因为她再也不能忍受白人在就业方面继续享受着高于黑人的特权。在她看来，美国"之所以逐渐强大，不是通过偏见和孤立，而是通过很多国家的人民，还有多个民族紧密团结时所展现出的聪明才智。"[①]因此，美国唯有宽容大度，才能够吸纳人类天生具有的种种天赋，衍生出充满着责任与道德的心灵智慧，引领着各个民族、种族之间的人们互相团结、紧密联系在一起。也因如此，她才对"各地发生的种族冲突越来越关注"[②]，不断地将黑白种族冲突所导致的暴乱、抢劫与杀戮撒播在各部作品中，以此质疑现存种族伦理秩序的合理性，同时历史地反思产生这种不合理的社会秩序的深层根源。

可见，作为一位社会文化守望者，"卡森并没有把自己包裹起来，完全不关心周围世界发生的事情"[③]，而是"追随了中世纪作家的潮流，将自己的政治兴趣置于更具现实性和心理性的主题之下"[④]，把重大历史事件弱化为字里行间若隐若现的背景，强力思考

① [美]卡森·麦卡勒斯.麦卡勒斯：抵押出去的心[M].文泽尔译.北京：人民文学出版社，2012:137.

② [美]弗吉尼亚·斯潘塞·卡尔.孤独的猎手：卡森·麦卡勒斯传[M].冯晓明译.上海：上海三联书店，2006:535.

③ [美]弗吉尼亚·斯潘塞·卡尔.孤独的猎手：卡森·麦卡勒斯传[M].冯晓明译.上海：上海三联书店，2006:315.

④ Millar, Darren. *Fiction and Affect:Studies in the Mid-Twentieth Century American Novel and its Utopian Contexts*[D]. University of Ottawa,2006:34.

着习以为常的社会体制对人的框定与拘囿。在她看来，不论是不公正的种族歧视，还是二元对立的社会秩序，这些弊端与不足都是美国政治权力机制的外在表征，其背后隐藏着的是主流意识形态的霸权本质。因而，她对黑人等少数族群的东方主义书写，虽然沾染着无意识的种族主义色彩，携带上刻板印象的特征，但却于细微处管窥到美国社会的真相——无法逃脱的种族主义暴力和未能兑现的民主承诺，借此让更多的美国人认清他们集体施暴的罪行，进而勇于正视社会，彻底改变过往，“将民主化为一种普遍的政治哲学，适用于所有民族，不分种族，这样做有助于将美国作为一个由不同民族、种族、民族和宗教背景的人组成的和谐国家的观念纳入主流”[①]，以真正的民主、宽容与自由精神使美国沿着“长久持续的秩序与稳定”[②]的方向发展壮大。

第二节 构建美国的救世主形象

欧洲自我中心主义意识向来“把落后、野蛮的民族从无知的蒙昧中拯救出来，并帮助他们祛除由于人种缺陷和文化落后所造成的瘤疾”[③]，作为义不容辞的责任和义务，美国也是如此，长久以来一直在外交中存在着“救世主心态”。虽然自独立战争以来，美国政治认同的修辞即是得意地宣传外国统治以及非代议制政府的

① Klein, Christina. *Cold War Orientalism: Asia In The Middlebrow Imagination,1945-1961*[M]. California: University of California Press, 2003:11.

② [美] 卡森·麦卡勒斯. 麦卡勒斯：抵押出去的心 [M]. 文泽尔译. 北京：人民文学出版社, 2012:138.

③ 刘惠玲. 话语维度下的萨义德东方主义的研究 [D]. 华中师范大学，2011:57.

不公正，但这并未阻碍他们向全世界的迅猛扩张，也并未停留他们在帝国之路上的前进脚步，因为“改革文化、赚取利润和拯救灵魂是并行不悖的目标。”①

19 世纪后半期到 20 世纪初，美国发生了第二次工业革命，不但开创了“电气化时代”、“石油化时代”与“钢铁时代”，而且一跃成为世界上头号的工业强国，在完成自由资本主义向垄断资本主义过渡的同时，发展成为一个典型的托拉斯帝国主义国家，基本确立了它带有全球野心的帝国主义实力。1898 年 4 月，美西战争的爆发不但拉开了它实施帝国主义权力的开端，而且使其从一个一百二十五年前才摆脱英国统治的邦国发展成一个与英国齐平并争霸的大国。这场重新瓜分殖民地的帝国主义战争，既是美国新帝国诞生的标志，也是它“国家地理”意识发生变化的转折点。它通过夺取西班牙在美洲和亚洲的殖民地古巴、波多黎各、菲律宾等地，不但全力扩大了它在西太平洋和中美洲的势力，而且从那里向太平洋沿岸投射出贪婪的目光，使其“领土已越出美洲大陆而成为一个强大的海外殖民帝国”②。可见，这场一战即胜的霸主争夺战，既让美国看到了本国所拥有的强大军事力量，又让它品尝到了发动非正义战争获取巨大战利品的甜头——不但能促发国内政治和经济的上升趋势，而且还能收获拥有海外殖民地的超级回报，其中，位于西太平洋的多群岛国家菲律宾即是这次战争胜

① [美] 托马斯 ·G. 帕特森 . 美国外交政策（上册）[M]. 李庆余译 . 北京 : 中国社会科学出版社 , 1988:292.

② Rothenberg, Tamar Y. *Presenting America's World:Strategies of Innocence in National Geographic Magazine,1888-1945*[M]. Hampshire: Ashgate Publishing Ltd, 2007:28.

利的重大收益之一。

菲律宾16世纪沦为西班牙殖民地，被殖民长达三百年之久，直到19世纪末西班牙国力日薄西山之时，才终于通过武装起义获得胜利，解放了全国的大部分地区，并将此时与西班牙展开对战的美国视为正义之师。但1898年12月在法国巴黎签订的《巴黎和约》中，其宗主国西班牙以二千万美元的价格，将其对菲律宾的主权转让给美国，使菲律宾沦为了美国的殖民地。面对这种未出狼窝又入虎口的不幸局面，受够殖民压迫束缚的菲律宾人实在是难以接受再任人宰割的命运，愤而誓死抵抗美国的入侵与统治。对美国而言，“与大西洋相比，太平洋不仅是一条通道、一条通向高收益市场的路线，它还是美国殖民地和岛屿属地的所在地。”[①] 而菲律宾作为联系环太平洋与印度洋的完美连接点，不仅“是通往中国市场的一个中转站，是对抗其他敌人的‘军事制高点’”[②]，而且是美国在亚洲扩张势力的立足点和前进基地，因而，他们必须要占领和兼并这个拥有重要的战略价值和关键地位的国度，让其在未来成为拓展本国贸易以及在整个亚洲地区推广共和制度的“传教士”。可见，美国所谓的普世主义价值观也只是隐藏其明确的领土扩张和领土占领意图的美丽辞藻，从一开始它就不是菲律宾的救世主，不是出于所谓的正义而将其从西班牙手中拯救出来，而是一直戴着伪善面具的居心叵测者，自始至终将其视为志在吞并

① [美] 尼古拉斯·斯皮克曼. 世界政治中的美国战略——美国与权力平衡 [M]. 王珊，郭鑫雨译. 上海：上海人民出版社，2018:140.

② [美] 布鲁斯·卡明思. 海洋上的美国霸权：全球化背景下太平洋支配地位的形成 [M]. 胡敏杰，霍忆湄译. 北京：新世界出版社，2018:204-205.

的囊中之物。因而，当美国的这一政治愿景遭遇菲律宾的全力反抗时，它便立刻撕掉伪善的假面具，露出了侵略者丑陋的面容。

在决定争夺菲律宾控制权的过程中，经济动机虽然扮演了重要角色，种族假设的作用也不可小觑。在美国国内，自美西战争一爆发，便有杂志发行古巴专号与菲律宾专辑，此后介绍菲律宾、古巴和波多黎各等地的文章也经常高频率出现，以报纸或杂志等刊物不断宣传的方式，将公众舆论吸引到美帝国未来的讨论之中，而“1898 至 1899 年间，菲律宾是扩张主义者讨论的中心。”①帝国主义者“基于利用性别观念赋予种族偏见以意义的三种刻板印象，声称菲律宾人不适合独立。这三种刻板印象都呈现了菲律宾人缺乏自治所必需的男子气概。第一种刻板印象是未开化的野蛮人。”②有些漫画家把菲律宾起义者刻画成非洲人的“野蛮形象”，另一些人则将菲律宾人与印第安人联系在一起，认为他们都是文明世界以外的未开化的蛮族。这种从人种上将菲律宾人与美国人截然分开的种族主义策略，使很多不明真相的美国人都产生了一种看法，即菲律宾人是野蛮与落后的民族，进而将他们认定为文明世界之外的人群，是不能与之共存的可怕威胁，必须实行将他们从野蛮状态教化到文明状态的长远计划。第二种刻板印象是幼稚的孩子。“除了把菲律宾人定型为野蛮人之外，帝国主义者还把他们当作孩

① Chimes, Michael. *American Foreign Policy in the Late 19th Century:Philosophical Underpinnings[OL].* https://www.spanamwar.com/imperialism.htm.

② Hoganson, Kristin L. *Fighting for American Manhood,How Gender Politics Provoked the Spanish-American and Philippine-American Wars*[M]. New Haven and London : Yale University Press, 1998:134.

子，其含义显然是，他们不能听任自己摆布。”[①]将他们描绘成孩子就意味着他们缺乏管理自己所必需的男子汉气概，既没有能力管理好自己，更没有能力进行国家自治，因而必需由美国来照顾和帮助他们，直到他们变得足够成熟。“帝国主义者的第三个刻板印象，是女性化菲律宾。”[②]这既意味着他们将这个群岛描绘成一个可怕的野蛮女人，缺乏与文明女性相联系的敏感，也意味着他们把菲律宾男人描绘成柔弱的女人。为了证明菲律宾男人的柔弱，帝国主义者把他们描绘成通常与女人联系在一起的依赖性角色，不外出工作赚钱养家糊口，却在家里从事照顾孩子、做饭等家务劳动，以此突显菲律宾倒错的性别角色，需要借助美国的干预，才能恢复他们正常的性别秩序。在上述种族思想的影响下，美国人逐渐给东方的菲律宾贴上落后、颓废、偏远民族的标签，认为除了占领它之外别无选择，导致美菲战争不可避免地爆发了。

在这场侵略与反侵略的战争中，美菲双方都有残酷暴行发生，双方也都死伤无数，但美国也很注重亲善行动。早在美菲战争爆发之前的 1898 年 12 月，麦金莱总统就发表了《亲善同化宣言》，希望美国军队执行亲善的行动，以获得菲律宾居民的信任、尊重和喜爱。于是，在接下来的战争年代中，美国一边将菲律宾视为野蛮的威胁，与其反抗力量进行殊死的武装战斗，一边又试图通

① Hoganson, Kristin L. *Fighting for American Manhood,How Gender Politics Provoked the Spanish-American and Philippine-American Wars*[M]. New Haven and London : Yale University Press, 1998:135.

② Hoganson, Kristin L. *Fighting for American Manhood,How Gender Politics Provoked the Spanish-American and Philippine-American Wars*[M]. New Haven and London : Yale University Press, 1998:137.

过亲善同化的计划来赢得土著居民的好感，表现出与老牌帝国西班牙的旧殖民统治截然不同的新殖民主义政策。他们每平定一个地区，就会想办法在该区建立学校，开展教育，传播文明，不遗余力地普及英语，推广美式教育，努力“将西方的知识传递到国际日期变更线东几度的地方”[①],以实际行动践行“帮助”弱小落后的菲律宾的使命。这种重视殖民地教育的文化入侵，以更为隐蔽和更易被人接受的方式“蚕食”着菲律宾人，让他们在潜移默化中接受美国化思想的渗透。可见，尽管菲律宾属于被“收养”的国家，但美国依然在掌握最高权利的前提下，极尽所能地对他们进行所谓的文明化改造。

美国对菲律宾的种种改造，与其说是为了菲律宾的完整与独立，不如说是为了进一步扩大美国的势力与控制。因而，对于已步入成人国家世界的美国人而言，他们丝毫没有把这些瘦小的黄种人兄弟当成公民的打算，既不相信他们有能力参与美国的公民生活，更不相信他们具备自治的能力，于是，他们宣称菲律宾人还没有做好民主的准备，虽然可以还这些菲律宾黄种人小兄弟以自由，但必须由美国人肩负起教化的使命，去“文明化、基督教化与民主化”他们。因而，他们对菲律宾人怀抱着家长式和人道主义的责任感，将他们视为白人的“拯救对象”,“我们要教育菲律宾人，提高他们，开化他们，使他们皈依，用上帝的恩典为我们菲律宾的伙伴做我们能做的一切”[②]，通过将他们强行拖入西方

---

① Fee, Mary Helen. *A Woman's Impression of the Philippines[OL]*. Available at https://www.docin.com/p-1560424123.html,2004:2.

② 转引自董小川 . 20 世纪美国宗教与政治 [M]. 北京 : 人民出版社 , 2002:230.

文明进程之中的做法，使菲律宾群岛成为一个“更好”与“更文明”的地方。美国对菲律宾的这种“高尚行为”，在约瑟夫·鲁迪亚德·吉卜林那首备受争议的诗歌《白人的负担》得到了非常完善的概括。1899 年 2 月，英国作家吉卜林在《麦克卢尔》杂志上发表该诗，“肩负起白人的负担，派出你最优秀的子孙，让他们离乡背井，把为你的俘虏服务来承担。在繁忙的日常工作中，伺候那些激动不安的野蛮人，那些你们新捕获的，半魔鬼半孩童的阴郁臣民。”① 诚如诗中所美化的那样，美国怀着高尚的目的来到亚洲国家，派出了最优秀的子孙，将半是魔鬼半是孩童的当地人从愚昧中拯救出来，肩负起了白人特殊的负担。

在成熟、强大和文明的美国人眼中，这些野蛮、弱小、落后的菲律宾人永远是些长不大的孩童，是些需要美国引领与保护的附属物。他们不但缺乏成熟度，而且不能参与美国的公民生活，就像《金色眼睛的映像》中的菲佣安纳克莱托那样，生理年龄虽已届成人，但心理年龄却很幼稚，始终像个孩子似的依赖着白人女主人。他对白人女主人艾莉森的过分依赖，不但使其性格缺乏独立，听话、乖巧、温顺，而且使其性情偏女性化，整日热衷于厨房和服饰等事宜。对于安纳克莱托这个“宝贝”，兰顿少校一直觉得自己有责任和义务将其培养成个正常的男人，总是吓唬他说把他送到军队中去，即使在他消失踪迹之后的闲谈中，仍然觉得军队是最适合他去的地方。

根据资料，《金色眼睛的映像》构思于 1939 年 4 月底，麦卡

① 转引自陈晓霞.“白人的负担”与美国对菲律宾的教育使命——以 1898~1910 年美国教师在菲律宾的角色为个案 [D]. 福建师范大学，2011:7.

勒斯起初将其称为《营房》，其故事“来源是利夫斯随意给她讲的一件事：一个偷窥狂在布莱格堡军营被拘捕，这个年轻的士兵正在已婚军官宿舍偷窥时被抓住了。”[①] 在飞速写作的两个月时间里，她以法耶特维尔和布莱格堡以及记忆中的本宁堡作为小说的背景，在这个偷窥故事中加入了当时美国人日渐热衷的亚洲和太平洋素材，塑造了一个菲律宾人安纳克莱托的形象，籍此展开她对亚洲的文化想象。在小说开始不久，她指出悲剧的当事者是“两名军官，一位士兵，两个女人，一个菲律宾人和一匹马。”[②] 这些当事者的位次顺序“首先是白人男性，有军衔的；其次是女人，没有军衔的；再次是‘东方的’，性别没有暗示出的；最后是马。”[③] 在这个位次顺序中，白人男性通过军衔来排序，白人女人通过性别来定位，菲律宾人则成为既没有军衔也没有性别的存在。菲律宾人这一叫法虽然明确了他是亚洲人的东方属性，但却模糊了其作为个体的所有特征。这种有限与模糊的信息既制造了悬念，又使人物具有了神秘感，从而吸引着读者的兴趣，去探索、联想与想象，进而在阅读过程中一点一点地累积建构起他的东方和亚洲形象——可怜、脆弱、幼稚、滑稽、模仿……。总之，他这个东方人代表的“是在我们西方世界的正常情趣、情感和价值之外的另

---

① [美]弗吉尼亚·斯潘塞·卡尔．孤独的猎手：卡森·麦卡勒斯传[M].冯晓明译．上海：上海三联书店，2006:97.

② [美]卡森·麦卡勒斯．金色眼睛的映像[M].陈黎译．上海：上海三联书店，2007:2.

③ Martin, Robert K. “Gender,Race,And The Colonial Body: Carson McCullers's Filipino Boy,And David Henry Hwang's Chinese Woman” [J]. Canadian Review of American Studies, Vol.23, No.1 (1992):95-106.

一个不同的世界”[①]，在让人心生怪诞感觉的同时，也深深地感受到“非我族类”的本质区别。

可见，即使麦卡勒斯是深具人道主义情怀的作家，也会自觉不自觉地以东方主义的思维方式，居高临下地对东方进行审视，总是把其看作有待帮助或照料的对象，需要进行所谓的人文关怀与扶助。不论是对菲律宾进行仁慈的同化，还是在菲律宾推行强硬的统治，都是美国根据自己的利益做出的调整政策，都是为达目的所选的手段。只是万变不离其宗，在种种不同的政策与手段背后，总有一种如影相随的民族优越感。因而，她对安纳克莱托的形象描绘，完全体现了种族差异的不同。不论是复制“西方＝成人、东方＝孩童”的固定思维，还是复杂化“西方＝男性、东方＝女性”的性别比喻，都是通过帝国事实的种种暗示，将美国的命运与全球的边远属地联系在一起，在让读者认同美国的全球扩张是在互惠体系中进行的同时，产生出热烈拥抱东方的激情。不过，这种拥抱东方的方式，既是小说与美国扩张社会之间的联系表征，也是作者对当时社会问题共鸣的反映。桑娅·安德森指出，美国白人男子气概的稳固是建立在殖民统治上的，与帝国主义的扩张有关，也就是说“帝国的兴起归功于种族的优越，失败归功于种族的退化。”[②]而由于激烈的竞争和不断上升的失业率，使美国人的男子气概受到打压，妇女解放运动的蓬勃发展也在一定

① [美]爱德华·W. 萨义德. 东方学[M]. 王宇根译. 北京：生活·读书·新知三联书店，2013:245.

② Campbell, Chloe. *Race and Empire: Eugenics in Colonial Kenya*[M]. Manchester: Manchester University Press, 2012:21.

程度上削减了男性的阳刚与雄壮之气，导致他们只能在种族问题上寻求优越感。因此，美国在对菲律宾进行殖民统治的过程中，通过打压和歧视菲律宾男子，强化他们的野蛮、孩子气与女性化的特质，以此维护自身的优越与男性气质，防止自身民族和种族的堕落。因而，这种种族、性别和美菲关系联合起来进行分析的方式，既是西方感知、理解和代表东方的方式，也是为美国统治殖民地人民提供正当理由的方式，还是为解决美国社会问题提供参考的方式。

由此可见，将亚洲菲律宾建构成东方“他者”的东方主义话语，“构成了戴着天鹅绒霸权手套的帝国主义拳头之下的潜在叙事与逻辑，”[①] 使麦卡勒斯不自觉地沿用这一根深蒂固的东方主义的思维模式，对菲律宾人进行想象性建构，将其描述为与美国人截然相反的“他者”存在——完全缺乏自主能力，必须仰仗强大的美国加以救赎，并在这种施救中，完成了美国救世主形象的自我建构。正是在这种文学想象的文本参与下，历史事实与片段被肢解或篡改，美帝国的罪恶侵略之实被美化漂白成了正义与进步之举，掌握着叙事控制权的东方主义话语真真切切地暴露了其为帝国主义帮凶的本质。

① [美]约瑟夫·格雷戈里·马奥尼．东方主义、新帝国主义和美国的媒体政治[J]．张也译．国外理论动态，2015(10):48-63.

第三节　追求异国情调

在美国人眼中，遥远的东方充满了异国情调与神秘色彩，在这种猎奇心理的驱使之下，他们对东方密切关注、充满了探寻的热情，但各种因素制约下的他们并不能真正走进东方、切实了解东方、理性对待东方。所以，他们便将这种关切和热情，掺杂进对自己文化的优越和对他者同情与拯救的悲悯之中，就着自己文化的根脉流向，热情编织着关于东方的种种想象。在这种东方主义想象中，东方被建构成了具有新奇、怪诞和神秘等本质特征的“他者”，被界定为与美国迥然不同的、陌生的存在，这一想象体现了西方对东方、强势文化对弱势文化的主体与客体、注视与被注视的关系，极大地影响了对东方民族的客观认知。

麦卡勒斯进行文学创作的时期正是反犹主义日益盛行的时期。在欧洲，纳粹德国已经展开对犹太人的驱逐与迫害行动，及至最后演变为疯狂的种族屠杀甚至灭绝的惨剧；在美国，反犹主义宣传虽然没有演变为政治迫害，但也对犹太人造成了一定的恶劣影响，尤其是限制移民法令的推出，这些法令规定虽然不只是针对犹太人的，但“在纳粹德国对犹太人进行迫害的 30 年代末期堵死了犹太人进入美国的大门，”[①] 使得本来有可能获救的成千上万的犹太人被迫留在处境越来越险恶的德国。与麦卡勒斯同时期的一些南方作家，诸如凯瑟琳·安·波特与朱娜·巴内斯等人，都或多或少地在作品中涉及到了这一现实问题。麦卡勒斯虽然也在不同的作品

① 杨军 . 古老的新课题：美国版反犹主义 [J]. 世界民族 , 2006(5):9-17.

中塑造了不同的犹太人形象，但她特别重复地提到犹太人身份的问题，在她的作品中表现为精神智慧和受难的象征，而且为了表现犹太人拥有超越精神这一独特观念，她常常通过犹太音乐家的形象来进行探索。对麦卡勒斯来说，她既没有与犹太人相关的哲学、宗教、文学和政治等概念的理论基础，也不关心现实生活中犹太人的宗教技术性知识，仅凭着“人间事对我而言不足为奇”[①]的一腔热情，展开着对不同族群与人种的文学想象。

从 1881 年到二战结束前的六十多年里，犹太人经历了美国历史上最严重的反犹主义时期，究其缘由，居然与犹太人的太过“引人注目”有关。移民到美国的犹太人虽然是少数群体，但随着犹太社团的成长壮大，越来越多的犹太精英在各个领域不断取得成功。《神童》中的海密被称为神童，因为在小提琴界取得斐然的成就，受到了报纸和杂志的极力赞誉；《心是孤独的猎手》中，黑人医生考普兰德喜欢阅读“斯宾诺莎、威廉姆·莎士比亚和卡尔·马克思的书”[②]，尽管“他不太懂概念的复杂游戏和复杂的词组，但他在字里行间闻到了强烈而真正的动机，他感到自己几乎是明白了”[③]斯宾诺莎的自由学说，找到了“整个黑人种族都病了”[④]的病因所在。他对卡尔·马克思更是推崇备至，不但给自己的儿子取名为卡

① [美]卡森·麦卡勒斯.麦卡勒斯：抵押出去的心[M].文泽尔译.北京：人民文学出版社，2012:201.

② [美]卡森·麦卡勒斯.心是孤独的猎手[M].陈笑黎译.上海：上海三联书店，2007:85.

③ [美]卡森·麦卡勒斯.心是孤独的猎手[M].陈笑黎译.上海：上海三联书店，2007:67.

④ [美]卡森·麦卡勒斯.心是孤独的猎手[M].陈笑黎译.上海：上海三联书店，2007:77.

尔·马克思，而且还在圣诞节年终派对上对黑人同胞热情宣讲马克思思想，鼓励他们积极争取“各尽所能，按需分配”[①]的理想生活。在此，不论是虚构的文学形象海密，还是实有其人的斯宾诺莎与马克思，他们都在各自领域取得了非凡的成就，也都因非凡成就而赢得了世界性的声誉，受到了世人的赞誉与推崇。这些犹太人的过分突出，使白人新教中产阶级感受到了竞争的压力和威胁，认为他们是“美国经济的攫取者”[②]，控制着美国的商业，抢夺了原本属于中产阶级的机会与财富。米克的父亲从事修理钟表工作，但生意萧条冷淡，米克认为是商业中心的那些犹太人抢夺了父亲的生意，使其一直处在事业受挫的灰心丧气之中；已过不惑之年的马龙认为“刻苦攻读的犹太学生把他挤出了医学院，摧毁了他当一名医生的前途”[③]，以至于在很多年后依然无法释怀，始终不能客观地直面自己学医生涯的半途而废；弗朗西丝更是过分敏感于外部世界的干扰，因为报纸上对海密的称赞超过了对她的称赞而备受打击，便将海密和音乐教师视为自己无法超越的巨大压力，最终主动放弃了钢琴生涯。犹太人在商业和就业方面的竞争优势，使白人不满的情绪迅速积加，直至出现强烈的排犹与憎犹浪潮。莫里斯·范因斯坦因“碰到了一件倒霉的事”[④]而不得不搬离小镇的遭

① [美]卡森·麦卡勒斯.心是孤独的猎手[M].陈笑黎译.上海:上海三联书店,2007:179.

② 石涵月.美国历史上反犹主义的宗教文化根源[J].世界民族,2005(5):42-48.

③ [美]卡森·麦卡勒斯.没有指针的钟[M].金绍禹译.上海:上海三联书店,2007:7.

④ [美]卡森·麦卡勒斯.伤心咖啡馆之歌——麦卡勒斯中短篇小说集[M].李文俊译.上海:上海三联书店,2007:8.

遇，便是当时犹太人在美国社会生活的真实写照。作为一个生活在基督教占主导地位的国度里的异教徒，面对谋杀基督这一老生常谈的指责与攻击，初到小镇的他根本没有自我辩驳的机会，只能通过哭的形式表明自己的被冤屈，但这种示弱的表现并没有帮他摆脱困境，反而使他被小镇居民贬斥为缺乏男性气概，只能以搬离小镇的方式来躲避周围居民的敌意与攻击。

可见，虽然麦卡勒斯谴责拥有反犹主义不正之风的社会，对犹太移民的态度也相对开放积极，甚至对古老而神秘的犹太文明十分向往，但她却自始至终将他们作为异己他者，诚如她作品中的南方角色所表现的那样，要么将犹太人视为天才的精英民族而加以仰慕，要么把他们作为竞争对手而进行贬低。而且，由于她从未真正地走进过犹太人的现实生活，对犹太人的真实生活状态知之甚少，导致她作品中的犹太人处境被单方面遮蔽，呈现出神秘与静态的品性。这些寄居在美国的客民，虽然逐渐拥有了在本地生存下去的条件与技能，有的甚至找寻到了家的温暖与庇护，但时不时的歧视与排斥，使他们始终找不到“自由”的感觉。虽然在美国没有发生大规模反犹主义的暴力事件，但正面相遇的古老的犹太文明与年轻的美国文化，却由于宗教疏离和犹太教徒的固守传统，导致两种文化没有产生过真正的沟通。不论是忙于生计无暇顾及其他的哈里母亲，还是忧心忡忡欲言又止的菲列克斯·克尔，以及很快便搬离小镇的莫里斯·范因斯坦，都完全是与外界隔绝的自我存在。他们这种生活在本地的异乡人姿态，虽然能起到抗拒同化的作用，但也极易招致本地人的冷淡回应。当哈里与米克偷尝禁果之后，立刻离开小镇远走他乡，下班回家的母亲发现他迟迟未归，便急切地打电话给米克询问哈里去向，但米克只重复了两遍“不知道，夫人。”[①] 既如实回答，又冷漠无情。

综上所述，犹太人所取得的辉煌成就，在使他们成为非凡智慧和超越精神的象征的同时，也使整个犹太民族蒙上了一层神秘的面纱，而他们远离故土流亡世界的流浪史，更是西方式想象所热衷的话题与素材。而麦卡勒斯在作品中对犹太人精神智慧特征的渲染与放大，以及对其生活习俗的陌生化描写，既是对异域民族文化的浪漫化处理和想象，也是对异域民族文化的意识形态虚构，契合了美国人对东方的集体想象，有编造风情与附和东方主义神话的趋势。

① [美]卡森·麦卡勒斯.心是孤独的猎手[M].陈笑黎译.上海：上海三联书店，2007:264.

第七章　结论

通过对麦卡勒斯东方主义书写深层动机的讨论，我们会发现：不论是她将东方作为美国自我映照的镜鉴，还是借以构建起美国拯救东方的救世主形象，又或是为了满足了西方对东方的猎奇心理，这三种动机都表明“在想象文学中都有一个僵硬的意识形态体系在较自由的表层下运作”。[①] 这个意识形态体系既是美国主流意识形态长期涵化的结果，也是其所处时代的局限性在文学中的无意识呈现，体现出的是文学实践与意识形态的关联特性。在西方人的文化与地理认知底片中，东方向来是一个可以被异化的空间，他们既可以尽情地驰骋其浪漫的情怀，又可以冷酷地实行其强权的统治。至于文本现实最终如何呈现，完全取决于其不同的现实需要。可见，在西方人的这种认知暴力和主流表征系统框架下，东方只能以被观察与被讲述的方式呈现出来，虽始终在场却如不在场一般地失语匿声，既完全丧失了言说自我的权利，又完全丧失了言说自我的能力，彻底退守到边缘与轻微的“他者”状态。因而，麦卡勒斯关于黑人、菲律宾人和犹太人等东方“他者”的话语言说方式，既展现了充满权力博弈的历史画面，又展露了政治利益的真容，引导着我们将目光投向更为广阔的社会网络去思索文学与意识形态的关系。

---

① [美]爱德华·W. 萨义德 . 东方主义再思考 [A]. 罗钢，刘象愚主编 . 后殖民主义文化理论 [M]. 北京：中国社会科学出版社，1999:18.

麦卡勒斯生活与创作的时期，正是美国社会急遽变化和逐渐成为世界强国的时期。“咆哮的二十年代”使美国以惊人的速度上升至经济领先的地位，30 年代的经济大萧条虽给沉浸于繁华美梦中的美国当头一棒，但 40 年代参与第二次世界大战又使其一跃成为世界霸主，它既能操控联合国和货币基金组织，又能掌控全世界所有重要的航道，而且还能制定游戏规则，完全奠定了以美国为首的全球秩序。可见，二十世纪上半期是美国作为帝国主义上升的时期，尽管有经济危机的低谷阶段，但两次世界大战尤其是第二次世界大战的强大助力，使它几乎是以一路“精彩向前”的姿势摘得了“世界领导者”的角色“桂冠”，成为先进技术、生产力、金融等各种优势的组合源。至此，美国再也不是远离大陆、与世隔绝的岛国，而是两侧面向世界上最大的两个大洋的拥有广袤国土的国家，并且是能左右国际关系和世界局势的霸权大国。美国在此时期的国内状况变化与国外角色转变势必会影响到包括麦卡勒斯在内的所有美国人，使她既满怀着昂扬的激情去谱写孕育灵性光辉的作品，又以抒情性的文字时时清楚地表明自己的美国身份。因此，在其作品中，她既一针见血地指出美国社会存在的真切弊病，又默默地希冀美国民主普世性的永恒张扬；同时，在激情表达一个真正的普通美国人想法的同时，又着力体现美国构建世界和平秩序的良好形象。正因如此，1943 年国家艺术和文学研究院颁发的“艺术和文学”奖助词中才这样写到:“给生于佐治亚的卡森·麦卡勒斯，表彰她在《心是孤独的猎手》等作品中，以她的雄辩有力的声音描写了美国人的精神状况。”[1]

麦卡勒斯作为20世纪上半叶的一位中产阶级白人女性，虽然没有接受太多的高等教育，但却摒弃了传统家庭生活与母性理想的诱惑，闯进了性别隔离的劳动力市场，获得了职业作家的机会，不但拥有了社会和经济自主权，而且掌控了言说自我与他人的话语能力与权力，完全打破了西方社会将白人女性边缘化的惯例。这种富有个性与创造性的职业，既使她尽情地挥洒着早年形成的储存于无意识深处的基本文化心理结构，听从着深层的根性召唤，将真实的南方地理缝合进想象的小镇空间之中，从政治、经济和文化等多个角度展现着20世纪美国南方社会的整体风貌，又使她有机会与外国文化和人民进行接触，不但能呼吸到欧洲知识界自由的气息，而且能探寻到美国文化的热门话题，以真实或间接的方式将自己与世界实实在在地联系了起来。因而，她虽然是起步于南方的作家，但却并未止步于南方，而是在关注南方的同时更为关注广泛的美国，对国际主题和国际事务也非常重视，尤其是在第二次世界大战时期，更是敏感于国内外的政治问题，在其小说世界中时常表露出世界性的想象。不论是对外部广袤世界的粗略想象，还是对与巴西笔友通信的热情幻想，以及对其他东方人民与国家的文本再现，都混杂着浪漫的异国情调与俯视的爱与同情之心，彰显出她超越地方局限的全球性目光与意识。

麦卡勒斯这种立足南方、心系全球的世界主义视野，使她笔下的南方不单单是封闭、静止和单质的孤立区域，而是一个现代

① [美]弗吉尼亚·斯潘塞·卡尔．孤独的猎手：卡森·麦卡勒斯传[M]．冯晓明译．上海：上海三联书店，2006:235.

性侵蚀和全球化大潮冲击下的开放动态的杂糅空间，与美国的帝国主义扩张有着剪不断理还乱的千丝万缕的联系。“美国的经验从一开始就建立在‘最高统治的观念上——一种最高的权力，它意味着可以扩大人口和领土、增强力量与权力的统治、国家或宗主权。’北美洲的土地要争夺（惊人地成功了）；土著人需要统治，要以各种方法去消灭和驱逐；然后，随着共和国的年龄与在北半球的力量的增长，要占据那些对美国利益至关重要的遥远的土地，要干涉，要争夺，例如菲律宾、加勒比地区、中美洲、巴勃瑞海岸、欧洲和中东的一些部分、越南和朝鲜。”[①] 这样的意识形态支持与驱使着拥有共同的公共空间的普通人，隔着虚幻的“我们”的边界凝望遥远的“他们”，在将他们视为“不同的”形态的同时，日渐接受国内与海外相互关系，产生出与帝国主义相认同的感觉体系。因而，在小说这种特定的文化空间中，美国帝国主义扩张的意识形态被软化，不管是被阐述或认可，还是被质疑或反对，都是在不同的时刻以不同的形式，帮助构建着美国作为全球力量的国家身份。这些身居南方腹地的个人，虽然对于当下孤独或隔绝的窘境无力以对，但却努力追赶着国家的步伐，思考着怎样才能从狭隘的乡下人转变成具有全球意识的世界公民的公共难题。而麦卡勒斯通过精心构架的情节、设计与人物角色，言说的正是这些美国普通民众共有的民族经验。

在这些以南方为基地的小说世界中，麦卡勒斯在书写个人甚至是边缘人的孤独故事时，尽管采用了微观叙事的手法，只着眼

① [美] 爱德华·W. 萨义德. 文化与帝国主义 [M]. 李琨译. 北京：生活·读书·新知三联书店, 2003:8.

于显露这些普通民众的微小历史，既有对这些鲜活个体的细腻书写，也有对他们日常普通生活的琐碎描述，但她并未止步于此，而是充满着社会情怀与时代担当，借小人物写大背景。她让小人物们黏连在整个社会的大图景中，在众多的历史“小写”中不时敲击上一些“大写”的国家历史，使美国的海外扩张、经济大萧条、第二次世界大战和种族、性别、阶级等等众多的国内外社会政治元素成为其作品显在的文本背景。可见，她的作品不单单是一部部寓言小说，更是一部部极具社会历史感的力作，紧扣着美国发展的步伐，展现着美国普通民众的生活面貌与精神图谱。这些被历史裹挟着的芸芸众生，既欣然或无奈地接受着物质生活的变化，又主动或被动地顺从着思想层面的引领，在时代事件大洪流的冲刷下，经历着思想逐渐枯萎的浩劫。他们在热衷于追随时代脚步的同时也坍塌了内心的良知堤坝，既漠视国内诸如种族矛盾这样的社会痼弊，又忽视国外像菲律宾这样小国的主权利益，更无视美国打着正义幌子参与世界事务的帝国实质，只是毫无顾忌地支持国家外向“锐意进取”。通过这些大时代中的小人物们的截面人生，我们既看到了那个时期那个国家的真正模样，又明白了美国走向帝国路程中的全民因素，正是这些公众的意识形态之于美国的对外关系，扮演了关键性的角色。因而，麦卡勒斯的东方主义书写，不论是有意为之，还是无心之举，客观上都既与美国的帝国主义扩张相同步，又与美国的帝国主义扩张相共谋，在一定程度上甚至成为帝国权力关系或有意或无意的参与者，正因如此，“麦卡勒斯的小说不应该被解读为对社会问题兴趣的减弱，而应该被解读为基于心理现实对相同关注点的重新定位。”①

总之，将麦卡勒斯的小说置于美国发展的历史长河之中，我们会发现：她并无意于追随“南方文艺复兴”的文学传统，而是致力于突破南方地域局限，力求在真正意义上走出南方，去触摸整个美国的政治、历史与文化的脉搏。她的这种创作旨趣与倾向为我们从东方主义角度解读其小说提供了探寻密钥。因而，通过对麦卡勒斯作品中的东方主义思想进行探讨，既让我们在具体文本的穿梭中领略了她丰富的文学意象，又为我们解读深隐文本之后的意识形态，提供了理论框架。如此，我们就可以深入探讨其隐秘的东方想象，在助推美国帝国扩张过程中所扮演的角色，并由此实现对其小说在社会文化意义上的批判，而这也是开展文学研究的价值所在。

① Millar, Darren. Fiction and Affect: Studies in the Mid-Twentieth Century American Novel and its Utopian Contexts[D]. University of Ottawa, 2006:34.

参考文献

一、中文图书：

[1] [美] 爱德华 ·W. 萨义德 . 东方学 [M]. 王宇根 , 译 . 北京 : 生活 · 读书 · 新知三联书店 , 2013.

[2] [美] 爱德华 ·W. 萨义德 . 文化与帝国主义 [M]. 李琨 , 译 . 北京 : 生活 · 读书 · 新知三联书店 , 2003.

[3] [美] 爱德华 ·W. 萨义德 . 东方主义再思考 [A]. 罗钢 , 刘象愚 , 主编 . 后殖民主义文化理论 [M]. 北京 : 中国社会科学出版社 , 1999.

[4] [美] 爱德华 ·W. 萨义德 . 萨义德自选集 [M]. 谢少波 , 韩刚等译 . 北京 : 中国社会科学出版社 , 1999.

[5] [英] 安德鲁 · 考恩 . 写小说的艺术 [M]. 董韵 , 李菱 , 译 . 北京 : 中国人民大学出版社 , 2015.

[6] [美] 布鲁斯 · 卡明思 . 海洋上的美国霸权：全球化背景下太平洋支配地位的形成 [M]. 胡敏杰 , 霍忆湄 , 译 . 北京 : 新世界出版社 , 2018.

[7] 董小川 . 20 世纪美国宗教与政治 [M]. 北京 : 人民出版社 , 2002.

[8] [美] 弗吉尼亚 · 斯潘塞 · 卡尔 . 孤独的猎手：卡森 · 麦卡勒斯传 [M]. 冯晓明 , 译 . 上海 : 上海三联书店 , 2006.

[9] 高奋. 主编. 现代主义与东方文化 [M]. 杭州 : 浙江大学出版社, 2012.

[10] 高卫红. 20 世纪上半期美国南方文化研究 [M]. 沈阳 : 辽宁人民出版社, 2015.

[11] [美] 哈罗德·伊萨克斯. 美国的中国形象 [M]. 于殿利, 陆日宇, 译. 北京 : 时事出版社, 1999.

[12] 和磊. 葛兰西与文化研究 [M]. 北京 : 中国社会科学出版社, 2011.

[13] 蒋天平 等. 20 世纪美国文学中的帝国医学想象 [M]. 北京 : 中国社会科学出版社, 2019.

[14] 金莉 等. 20 美国女性小说研究 [M]. 北京 : 北京大学出版社, 2010.

[15] 荆兴梅. 卡森·麦卡勒斯作品的政治意识形态研究 [M]. 北京 : 中国社会科学出版社, 2015.

[16] [美] 卡森·麦卡勒斯. 心是孤独的猎手 [M]. 陈笑黎, 译. 上海 : 上海三联书店, 2007.

[17] [美] 卡森·麦卡勒斯. 金色眼睛的映像 [M]. 陈黎, 译. 上海 : 上海三联书店, 2007.

[18] [美] 卡森·麦卡勒斯. 婚礼的成员 [M]. 周玉军, 译. 上海 : 上海三联书店, 2006.

[19] [美] 卡森·麦卡勒斯. 没有指针的钟 [M]. 金绍禹, 译, 上海 : 上海三联书店, 2007.

[20] [美] 卡森·麦卡勒斯. 伤心咖啡馆之歌——麦卡勒斯中短篇小说集 [M]. 李文俊, 译. 上海 : 上海三联书店, 2007.

[21] [美] 卡森·麦卡勒斯 . 抵押出去的心 [M]. 文泽尔 , 译 . 北京 : 人民文学出版社，2012.

[22] [美] 卡森·麦卡勒斯 . 启与魅 : 卡森˙麦卡勒斯自传 [M]. 杨晓荣 , 译 . 北京 : 人民文学出版社 , 2019.

[23] 李杨 . 颠覆·开放·与时俱进 : 美国后南方的小说纵横论 [M]. 北京 : 中国社会科学出版社 , 2018.

[24] [美] 马丁 ·W. 刘易士 , 卡伦 ·E. 魏根 . 大陆的神话 : 元地理学批判 [M]. 杨瑾 , 林航 , 周云龙 , 译 . 上海 : 上海人民出版社 , 2011.

[25] [荷兰] 米克·巴尔 . 叙述学 : 叙事理论导论 [M]. 谭君强 , 译 . 北京 : 北京师范大学出版社 , 2015.

[26] 梅新林 , 葛永海 . 文学地理学原理 [M]. 北京 : 中国社会科学出版社 , 2018.

[27] 孟昭毅 , 黎跃进 . 简明东方文学史 [M]. 北京 : 北京大学出版社 , 2005.

[28] [美] 尼古拉斯·斯皮克曼 . 世界政治中的美国战略——美国与权力平衡 [M]. 王珊 , 郭鑫雨 , 译 . 上海 : 上海人民出版社 , 2018.

[29]《纽约时报》. 叛逆的帝国 [M]. 奥弗里 , 主编 . 钱垂军 , 王晶晶 , 向娜 , 译 . 北京 : 新世界出版社 , 2016.

[30] [英] 齐亚乌丁·萨达尔 . 东方主义 [M]. 马雪峰 , 苏敏 , 译 . 长春 : 吉林人民出版社 , 2005.

[31] 芮渝萍 . 美国成长小说研究 [M]. 北京 : 中国社会科学出版社 , 2004.

[32] 申丹, 王丽亚. 西方叙事学: 经典与后经典 [M]. 北京: 北京大学出版社, 2010.

[33] [美] 托马斯 G. 帕特森. 美国外交政策(上册)[M]. 李庆余, 译. 北京: 中国社会科学出版社, 1988:

[34] [美] 托马斯·索威尔. 美国种族简史 [M]. 沈宗美, 译. 北京: 中信出版集团, 2015.

[35]《外国文学史》编写组. 外国文学史. 上册 [M]. 北京: 高等教育出版社, 2018.

[36] 王宁, 生安锋, 赵建红. 又见东方——后殖民主义理论与思潮 [M]. 重庆: 重庆大学出版社, 2011.

[37] 王晓姝. 哥特之魂——哥特传统在美国小说中的嬗变 [M]. 北京: 知识产权出版社, 2010.

[38] [美] 薇丝瓦那珊, 编. 权力、政治与文化——萨义德访谈录 [M]. 单德兴, 译. 北京: 生活·读书·新知三联书店, 2006.

[39] [英] 詹姆斯·费尔格里夫. 地理与世界霸权 [M]. 胡坚, 译. 杭州: 浙江人民出版社, 2016.

[40] 张德明. 从岛国到帝国: 近现代英国旅行文学研究 [M]. 北京: 北京大学出版社, 2014.

[41] 张跣. 萨义德后殖民理论研究 [M]. 上海: 复旦大学出版社, 2007.

[42] 周兴杰. 批判的位移: 葛兰西与文化研究转向 [M]. 北京: 中国社会科学出版社, 2011.

二、中文期刊：

[1] 龚淑林．美国第二次工业革命及其影响 [J]. 江西大学学报（哲学社会科学版）,1988(1).

[2] 何文华．“东方主义”的亚洲想象 [J]. 贵州社会科学，2011(10).

[3] 纪兰香．本土、异域、虚拟世界——清末民初小说的三重叙事空间 [J]. 理论界，2014(11).

[4] 荆兴梅．解析《金色眼睛的映像》中的性别政治 [J]. 外语研究，2016(5).

[5] 黎跃进．“东方学”与“中国东方学学术史”构想 [J]. 江淮论坛，2016(2).

[6] 林斌．美国南方小镇上的“文化飞地”：麦卡勒斯小说的咖啡馆空间 [J]. 外国文学评论，2019(2).

[7] 林斌．“精神隔绝”的多维空间：麦卡勒斯短篇小说的边缘视角探析 [J]. 外国文学，2018(3).

[8] 林斌．寓言、身体与时间——《没有指针的钟》解析 [J]. 外国文学评论，2009(4).

[9] 林斌．卡森·麦卡勒斯 20 世纪四十年代小说研究述评 [J]. 外国文学研究，2005(2).

[10] 刘建军．改造性的阐释：基督教对犹太教的传承与发展 [J]. 东北师大学报（哲学社会科学版），2013(6).

[11] 刘向辉．后殖民主义话语表征策略解析——以东方主义为视角 [J]. 鲁东大学学报（哲学社会科学版），2017(1).

[12] 刘英．流动性研究：文学空间研究的新方向 [J]. 外国文学

研究 , 2020(2).

[13] 刘英 . 美国现代主义文学的地方主义与世界主义 [J]. 外国文学 , 2016(2).

[14] 罗安平 . 取景框 : 美国《国家地理》杂志的知识生产 [J]. 中文文化与文论 , 2019(2).

[15] 田颖 . 论《心是孤独的猎手》中的反讽艺术——驳“反犹太主义”误读 [J]. 复旦外国语言文学论丛 , 2019(2).

[16] 田颖 . 国外卡森·麦卡勒斯研究的流变与走向 [J]. 当代外国文学 , 2018(1).

[17] 田颖 . 从厨房说起 :《婚礼的成员 》中的空间转换 [J]. 国外文学 , 2018(1).

[18] 许晓琴 . 地理、殖民与帝国——赛义德后殖民文学批评新视域 [J]. 中外文化与文论 , 2019(1).

[19] 施爱国 . 论美国外交的“东方主义”特性 [J]. 广东外语外贸大学学报 , 2004(2).

[20] 宋云伟 . 美国对菲律宾的殖民统治及其影响 [J]. 社会科学文摘 , 2008(3).

[21] 孙丹萍 . 20 世纪 40 年代美国南方城镇景观的视觉性建构与表征——以卡森·麦卡勒斯的小说为例 [J]. 文化研究 , 2020(2).

[22] 孙祥飞 . 从“洞穴隐喻”到“乌托邦”——论异域形象的空间化想象 [J]. 常州大学学报（社会科学版）, 2013(3).

[23] [美] 约瑟夫·格雷戈里·马奥尼 . 东方主义、新帝国主义和美国的媒体政治 [J]. 张也 , 译 . 国外理论动态 , 2015(10).

[24] 王冰 . 西蒙喜剧结构中的“犹太性”研究 [J]. 英美文学研

究论丛, 2020(1).

[25] 王立新. 中国文化在美国的早期传播及其影响 [J]. 美国史研究通讯, 2009(2).

[26] 王亭亭.《心是孤独的猎手》中优生学建构的“他者”[J]. 绥化学院学报, 2019(8).

[27] 王向远. 近 30 年来我国“理论东方学”的主流形态 [J]. 社会科学文摘, 2020(7).

[28] 王卓. 种族·空间·文本——评戴维斯教授新作《南方风景：种族、地域和文学的地理》[J]. 外国文学研究, 2013(4).

[29] 许玉军. 摇晃的大陆：欧洲中心主义的元地理学批判 [J]. 文艺理论研究, 2016(5).

[30] 杨军. 古老的新课题：美国版犹太主义 [J]. 世界民族, 2006(5).

[31] 杨生平, 杨璐. 洞见与偏见：赛义德的东方主义理论评析 [J]. 新视野, 2014(5).

[32] 杨亭. 空间想象与异域旅行——对《容美纪游》的文化解读 [J]. 青海民族研究, 2015(4).

[33] 姚达兑. 东方主义、汉学主义与世界文学理论 [J]. 中国语言文学研究, 2019(2).

[34] 虞建华. 美国犹太文学的“犹太性”及其代表价值 [J]. 外国语, 1990(3).

[35] 曾建湘.“讲故事”母题与凯伦·布里克森的创作 [J]. 四川外语学院学报, 2008(4).

[36] 张桂珍. 论英国短篇小说的异域书写 [J]. 外国文学研究,

2013(5).

[37] 张桂珍 . 英国异域短篇小说的空间叙事 [J]. 外国文学研究 , 2017(5).

[38] 周平 , 罗雯 . 跨文化传播中的媒体刻板形象构建及其后果 [J]. 人文论谭 , 2011(3).

[39] 周云龙 . 从大陆体系到世界区域——读《大陆的神话 : 元地理学批判》[J]. 国外社会科学 , 2011(5).

[40] 宗莲花 . 卡森·麦卡勒斯关于基督教爱的伦理的隐性书写 [J]. 外国文学研究 , 2015(5).

三、英文书籍 :

[1] Adas, Michael. *Machines as the measure of men: Science, Technology, and Ideologies of Western Dominance*[M]. New York: Cornell University Press, 1990.

[2]Brown, Keller Linda. and Mussell, Kay. eds. *Ethnic and Regional Foodways in the United states:The Performance of Group Identity*[M]. Knoxville: University of Tennessee Press, 1984.

[3] Campbell, Chloe. *Race and Empire: Eugenics in Colonial Kenya*[M]. Manchester: Manchester University Press, 2012.

[4] Carr, Virginia Spencer. *Understanding Carson McCullers*[M]. Columbia University of South Carolina Press, 1991.

[5]Edwards, Holly. *Noble Dreams,Wicked Pleasure: Orientalism in America,1870-1930*[M]. Princeton: Princeton University Press, 2000.

[6]Evans, Oliver. *Carson McCullers: Her Life and Work*[M].

London: Peter Owen Limited, 1965.

[7]Gilman, Sander L. *The Jew's Body*[M]. New York and London:Routledge, 1991.

[8]Graham-Bertolini,Alison.and Kayser,Casey. Carson McCullers in the Twenty-First Century[M].Cham:Palgrave Macmillan,2016.

[9]Hoganson, Kristin L. *Fighting for American Manhood:How Gender Politics Provoked the Spanish-American and Philippine-American Wars*[M]. New Haven and London : Yale University Press, 1998.

[10]Kramer, Paul A. *The Blood of Government: Race, Empire, the United States,and the Philippines*[M]. North Carolina:The University of North Carolina Press,2006.

[11]Klein,Christina. *Cold War Orientalism:Asia in the Middlebrow Imagination,1945-1961*[M]. California:University of California Press,2003.

[12] Librett, Jeffrey S.. Orientalism and the Figure of the Jew[M]. New York: Fordham University Press,2015.

[13]Leong, Karen J. *The China Mystique:Pearl S. Buck,Anna May Wong, May Ling Soong,and the Transformation of American Orientalism*[M]. University of California Press, 2005.

[14]Lowe, Lisa. *Critical Terrains : French and British Orientalisms*[M]. Ithaca and London: Cornell University Press, 1991.

[15]Macfie, Alexander Lyon. *Orientalism*[M]. London And New York: Routledge, 2013.

[16]McAlister,Melani. *Epic Encounters:Culture,Media,and U.S. Interests in the Middle East since1945*[M]. Berkeley: University of California Press, 2000.

[17]Rafael, Vicente L. *White Love and Other Events in Filipino History*[M]. Durham and London: Duke University Press, 2000.

[18]Roberts, Diane. *The Myth Of Aunt Jemima: Representations of Race and Region*[M]. London and New York: Routledge, 2005.

[19]Rothenberg,Tamar Y. *Presenting America's World:Strategies of Innocence in National Geographic Magazine,1888-1945*[M]. Hampshire: Ashgate Publishing Ltd, 2007.

[20]Shapland, Jenn. *My Autobiography of Carson McCullers*[M]. Portland: Tin House Books, 2020.

[21]Yoshihara, Mari. *Embracing the East: White Women and American Orientalism*[M]. New York:Oxford University Press, 2003.

四、英文期刊：

[1]Atkinson, Yvonne."Mammy", AMERICAN, Vol. II, Issue. 1, (July 2005).

[2]Avery,Tamlyn. "The Métis and the Multiple 'Me' in Carson McCullers's The Member of the Wedding"[J]. *The Mississippi Quarterly*, Vol.72, NO. 1, 2019.

[3]Edmonds,Dale. "'Correspondence:A 'Forgotten'Carson McCullers Short Story"[J]. *Studies in Short Fiction,*Vol.9,No.1, Winter 1972.

[4]Groba, Constante González,"'So Far as I and My People Are Concerned the South Is Fascist Now and Always Has Been': Carson McCullers and the Racial Problem"[J]. Atlantis. Vol.37, No.2 (December 2015).

[5]Hershon,Larry."Tension and Transcendence:'The Jew'in the Fiction of Carson McCullers"[J].The Southern Literary Journal, September 22，2008.

[6]Hincapie, Luz Mercedes."Race And Gender At The Chicago Columbian Exposition,1893:A Cuban Woman's Perspective"[J]. *Kunapipi*,26(1),2004.

[7]Hsu,Jen-yi. "Desiring Brotherhood —Alternative Masculinities and a Critique of the American Empire in Carson McCullers's Reflections in a Golden Eye"[J].*EURAMERICA* Vol. 45, No. 3 (September 2015).

[8]Jewett,Chad M. "'Somehow Caught': Race and Deferred Sexuality in McCullers's 'The Member of the Wedding'"[J]. *The Southern Literary Journal*, Vol.45, No.1, FALL 2012.

[9]Lasco,Gideon. "'Little Brown Brothers': Height and the Philippine–American Colonial Encounter (1898–1946) "[J].*Philippine Studies: Historical and Ethnographic Viewpoints*,Vol.66, No.3, September 2018.

[10]Martin，Robert K."Gender，Race，And The Colonial Body: Carson McCullers's Filipino Boy，And David Henry Hwang's Chinese Woman"[J].Canadian Review of American Studies，Vol. 23,

Issue.1,1992.

[11]Miho, Matsui."Reflections in a Filipino's Eye:Southern Masculinity and the Colonial Subject"[J]. A Quarterly Journal of Short Articles,Notes,and Reviews，Vol.26，No.2(2013).

[12]Rich, Nancy B."The 'Ironic Parable of Fascism'in 'The Heart Is a Lonely Hunter'"[J].*The Southern Literary Journal*, Vol.9, No.2, Spring 1977.

[13]Rosenblatt,Naomi."Orientalism in American Popular Culture"[J], *Penn History Review* ,Vol.16,Iss.2, 2009.

[14]Saxton,Benjamin. "Finding Dostoevsky's 'Idiot' in Carson McCullers's *The Heart Is a Lonely Hunter*"[J].*A Quarterly Journal of Short Articles, Notes, and Reviews*,Vol.26, No.2,2013.

[15]Skaggs,Carmen. "'A House of Freaks': Performance and the Grotesque in McCullers's The Ballad of the Sad Café"[J]. *A Quarterly Journal of Short Articles,Notes and Reviews,*Vol.26, No.2,May 2013.

[16]Steeby,Elizabeth A."Radical Intimacy Under Jim Crow 'Fascism': The Queer Visions of Angelo Herndon and Carson McCullers"[J]. *Mississippi Quarterly,* Vol.67, Issue.1, Winter 2014.

[17]Whitt,Margaret. "From Eros to Agape:Reconsidering the Chain Gang's Song in McCullers' Ballad of the Sad Café"[J]. *Studies in Short Fiction*,33(1996).

[18]Wu, Cynthia. "Expanding Southern Whiteness: Reconceptualizing Ethnic Difference in the Short Fiction of Carson McCullers"[J].*The Southern Literary Journal*, Vol.34, No.1 (Fall,2001).

后记

几经寒暑，数易其稿之后，《东方主义视域下的卡森·麦卡勒斯小说研究》一书终于完稿。在敲下正文最后一个句点之时，我心中倍感轻松，但也有些许怅然和意犹未尽。毕竟，这是萦绕于我心头达六七年之久的一个想法，在经过漫长的准备、酝酿和思考之后，如今，她终于被定格于笔端，呈现在读者面前。

遥想当年，与麦卡勒斯的首次邂逅是在大三的一个下午，当我流连徘徊于图书馆的小说世界时，无意中瞥到了《美国中短篇小说选》这本书，随手取来一翻便看到了《伤心咖啡馆之歌》，而正是“伤心”与“咖啡馆”的这一独特的意境组合，深深吸引了我，于是便怀着好奇与探寻的心情，利用一下午的时间快速读完。但当时身处校园的我，对这篇小说所要表达的主题并无太深刻的感受，更无法理解她那深入骨髓的爱而不得的孤独，只是感觉这个故事比较怪异，及至后来工作之后，看到了译林出版社的她的一系列作品之后，才再次唤醒了我对伤心与咖啡馆的记忆，于是开始深入的研读，并逐渐地喜欢上了这个美国南方作家。后来，在读了弗吉尼亚·斯潘塞·卡尔所写的麦卡勒斯传记之后，又被其极端复杂的一生所深深震撼。对于麦卡勒斯及其作品，不管学生时代的无感，还是后来的热爱，及至最后的震撼，作为一个阅读者和研究者，我的心绪虽然在不断变化，但麦卡勒斯的名字与作品却已成为我记忆中的一种存在，始终挥之不去。

之所以被麦卡勒斯所吸引，根源于自己与她极度的“像”与“不像”。所谓像，是指生活环境的本质内涵而言。麦卡勒斯出生于20世纪上半叶的美国南方小镇，虽然是中产阶级家庭，不用每日为了生存而辛劳奔波，但南方沉闷、封闭与压抑的环境，却让她在长大后一次又一次地逃离。对于南方，她的内心中充满了爱恨交织的情感。对于一个在文学中关涉四方但生活中却困于一隅的人来说，既然她已经看到了世界的大门，又怎会安分平稳地留在门槛之内？麦卡勒斯的好奇心以及她想要了解外部世界的渴望与青少年时期的我十分相似。我虽然是出生于20世纪后半叶，温饱问题虽已解决，但旅行与发展等想法对一个家境贫寒的农村女孩来说，简直就是一种奢望。虽则当时我们也能从电视和书本中“认识”外面的世界，并时时怀有“世界那么大，我想去看看”的冲动，但要想真正将这个梦想变为现实，在当时的情况下却几无可能，所以这种冲动也仅仅停留在冲动上，只能把“仗剑走天涯”的美丽想象与现实的无奈深埋心底，并将其化为寒窗苦读的动力与希翼，以期凭借自己的十年努力去完成决定命运的“龙门一跃”。所谓不像，主要是指在生命的极端体验方面。作为一个普普通通的女孩，我有着寻常人的正常情感与正常生活，实在是不能理解麦卡勒斯这样的特殊性向，因此，在内心中有将其视为怪物的复杂心理，既充满了排斥又有想了解的渴望。或许正是麦卡勒斯的这种极端体验与我们读者平淡正常生活之间张力，成为读者们想深入了解其作品乃至其本人的重要因素。来到大学担任教职之后，我对于麦卡勒斯及其作品也由最初的感性好奇逐渐转变为理性探索。在对其作品进行深入系统分析后发现，她的小说中除却孤独、精神隔绝等显在的主题外，深隐其中的更是她所处时代和所处帝国的强大的意识形态，于是我转而从东方主义的视角，着重探讨她作为一个美国作家受到美国东方主义传统影响所体现出的东方主义思想。有了这个视角之后，我感觉终于找到了走进她小说世界的一个罅隙，顺着这条罅隙深度楔入之后，麦卡勒斯及其作品所建构出的文学图景和文化长廊便豁然眼前。当然，由于本人笔力不逮，对其研究还只是一种尝试，肯定还有许多不到之处，诚盼方家予以斧正。

今天，这本书能够呈现于读者面前，除了自身的努力之外，也少不了家人、朋友和老师同学们对我的帮助。

首先，我要感谢我的先生王保友博士。每当我的思考进入瓶颈或者写作懈怠时，是他给予了我积极的鼓励和坚定的支持。虽然他从中文专业毕业后未再从事文学研究，但良好的阅读习惯和长期的文字工作，使他依然具有较高的文学素养和理论水平，在我写作的过程中，他每每能够提出一些中肯的意见和建议，这是我能够顺利完成本书写作的重要助力。

其次，我要感谢我的儿子王子瑞小朋友。几乎每天他都会问我写了多少字，每当听我说今天写了几千字时，他就会说："妈妈，你真棒！"而如果听到我说今天有个问题没有思考清楚，没能写出多少时，他就会说："没关系，妈妈，我相信你一定能思考出来的。"不知不觉中他将我们日常鼓励他的话回向给我，对我，这是莫大的激励和动力。而且，他语感很好，有时还能看出我文字表述中略显滞涩之处，并及时提醒我更正，使我每每产生王家有子初长成的感觉。

再次，我要感谢我的母亲刘孝荣女士。已界八十高龄的母亲，虽然身体孱弱，但仍强撑着精神帮我打理家务，为我腾出不少写作的时间。每当我久坐电脑之前，她便会悄悄地给我端来茶水，送来水果或者点心，然后又悄悄地离开，以免打扰我的思绪。娘心似海，母爱醇澄，潜流静水，寂然无声，我深感之。

此外，我要感谢我的导师南开大学的王立新教授以及烟台大学人文学院的马小朝、任现品教授，以及其他诸位同仁。他们严谨的治学态度与十年如一日的孜孜不倦，既让我学到了精益求精的治学态度，又让我感受到专注恒心的重要，而这为我写作的顺利完成起了很大作用。

最后，我要感谢九州出版社的杨鑫垚编辑以及与此书得以问世的相关人员，是他们的热情帮助和积极肯定，才使此书得以问世，在此一并表示感谢！